皆川博子

薔《ば》薇《ら》忌《き》

実業之日本社

実業之日本社文庫

薔薇忌

目次

目次挿絵　佳嶋
目次・扉デザイン　柳川貴代

薔薇忌

ばらき

1

舞台装置が解体され大道具がすべて運び出されると、ごみと埃《ほこり》の舞う空間が残った。

極度の興奮と疲労と虚脱感で異常に昂揚《こうよう》した役者たちは、打ち上げの会場に向かった。

苳子《とうこ》は、まだ気を抜くわけにはいかない。

床に散った釘《くぎ》だの針金だの、最後の屑《くず》を軍手をはめた手で拾い集め、ビニールのごみ袋に投げ入れながら、

「もう、打ち上げに行ってもいいよ」

雑用専門に頼んだ手伝いの連中に声をかけた。手伝いのほとんどは、劇団主宰者・越智《おち》をはじめ、苳子、そうして座員の大半がかつて在籍した大学の劇研のメンバー、つまり後輩である。

「トコ姉《ねえ》は、まだ行かないの？　トコさんが行かないと、盛り上がらないよ」

暖房は切ったが、劇場《こや》にみちた熱気は消えず、汗と埃が彼らの顔を隈取《くまど》っている。ビルの地下にもうけられた、せせこましい古いスペースであった。最近は、小劇場用に、狭いながらも小綺麗《こぎれい》なスペースが激増しているが、この劇場は、アングラが盛んだったころから、改造は加えられず続いている。

客席の前半分は平土間、段差のある後部は椅子を六十脚据え付け、定員は百二十人だが、詰めれば二百人近く入る。タッパは五メートル、スピーカー六台、照明七十三機と、設備は充分にととのっている。

客を送り出すとき気づいたのだが、外はみぞれだ。

「行くわよ。打ち上げを無事に終えさせるのも『制作』の仕事のうちだからね」

「みじめ。『制作』は、打ち上げ終わるまでは、酔っぱらうこともできないんだ」

「責任範囲は一次会までだよ。二次会のトコさんはおそろしいんだから」

茎子は笑って言い、早く行きなさいと、身ぶりで示した。

「おれ、介抱してあげるから、徹底して飲んでね、二次会では」

「おまえなんかの手におえるか。会場はわかってるね。『棕櫚《しゅろ》』よ」

「あんなちっぽけな店じゃ、溢《あふ》れちゃうんじゃないの。いまから行って、入れるかな」

「溢れたら、店の前に、茣蓙《ござ》敷いて飲んでる」

他のものが言う。

「降ってるんだよ。入れなかったら、帰って寝ちゃいな」

「それはない。打ち上げだけが楽しみで、重労働したのに」

「ごみ袋、出しといてよ。暗いからね、足もと気をつけなさいよ」

「あ、小姑《こじゅうと》」

「怪我《けが》が多いんだよ、バラシのときは。みんな、疲れているし、気もゆるむしで。けつまずいてすりむいたくらいで、一々わたしに言ってこないでよ。救急箱、そこにあるからね」

「気がゆるんでいたのは、高井《たかい》さんじゃないのかな」

一人が仲間にささやくのが聞こえた。

「ずいぶん、とちってたな」

後輩といっしょになって悪口を言うわけにはゆかず、苳子は聞こえぬふりをしたが、主役の高井の出来はひどかった。せりふをとちり、絶句し、うろたえ、それも初日はそれほどでもなかったのに、一日ごとに悪くなるというふうで、台本の創作と演出をかねる越智は、怒り狂い、千秋楽の今日は、目がうつろになっていた。

「いっしょに行かない？　搬出もすんだんだし」

「まだ、あとを総点検して、ここのオーナーさんに挨拶して劇場代《こや》を精算して、制作は最後の最後まで、忙しいの。幕が下りたら、終わり、じゃないんだよ。そっちもさ、いずれ旗揚げするんなら、まず、制作にしっかりした人をつけなさいよ。役者やりたい奴ばかりじゃ、芝居はできないんだよ」

役者スタッフあわせて十八人という小劇団の、内外の交渉やら雑務やらを、結成以来五年、ひとりで引き受けてきた。

劇場・稽古場の確保から、経理、宣伝、そうして、劇場が決まったら、外部から助っ人《すけと》に頼んだ舞台監督や照明・音響といっしょに下見に行き、劇場の状況を細かくチェックする。チケットのはけ具合、大道具・小道具、衣裳《いしょう》、すべての、進行具合のチェック。公演中の裏方助っ人の確保。みんなの弁当の世話。いよいよ開演したら、あんたたちみたいな助っ人を使いこなしての受付の準備、入れこみ。前売りを買っているのに入り切れない客があれば、振り替え日の交渉。そうして、千秋楽となったら、舞台装置・大道具のバラシの監督、打ち上げの準備から後始末まで。彼らにしても充分承知であろうことを、ずらずらと並べたてたのは、よほど気持がうわずっているのか、と、苳子は、自制した。

「おれたち旗揚げしたら、制作はトコ姉に頼むよ」

苳子の語気の強さに、いささか鼻白んだように相手は冗談めかした。

「よそのまで、面倒みれるか」

そう言ったときは、苳子はいつもの闊達《かったつ》な口調を取り戻していた。

「それじゃ、お先ィ」

助っ人たちは、出て行った。

苳子は、狭い楽屋に行き、一通り見まわした。

メークの香料のにおいと汗のにおいが残っているほかは綺麗に掃除され、空虚感がいっそう強まる。

空《から》の舞台に戻った。

舞台には空虚が居座っていた。苳子は床にあおのいてからだをのばした。舞台と平土間は、ほぼ同じ平面にある。全身が空間とひとしい大きさになったような錯覚を、苳子は楽しんだ。

天井の簀子《すのこ》のあいだから、小さい三角の紙片がひらひら散り落ちた。芝居で使った小道具の葩《はなびら》の名残だ。

暖房は切ったが、床はまだ冷たくはない。

「どうしたんですか」

驚きと不安のまじった声が降った。

半身起こすと、傍に助っ人のひとりが立ちすくんでいた。

「脳貧血？」

「馬鹿ね」起き直って、胡坐《あぐら》をかいた。

「寝ころぶと、いい気持なんだよ。世界が違って感じられる」

「ばてたかと思うじゃないですか」

えへ、と、照れたような声をだし、寄ってきた。

「どうしたの、は、こっちの質問だよ。忘れもの？」

「え、まあ。あの、トコさんを置き忘れたんで」

言いながら、苳子の隣に腰を落とした。

それから、あおのいて寝ころび、ほんと、いい気持だ、と呟《つぶや》いた。

「何年生？」

「二年です」

「もう、役もらってるの？」

「ぼくは、劇研じゃないんです」

「誰か劇研のやつに引張りだされたの？　うまいこと言われたんじゃない？　悪いのがいるな。うち、バイト代出ないんだよ」

また、えへという笑いで、ごまかした。

「笑うと、やたら可愛《かわい》いじゃない。言われるでしょ」

「言われます」

「八重歯にえくぼなんて、恥ずかしいね」

「ええ、恥ずかしいですね」

「何のクラブ入ってるの」

「部活はやってないんです」

「同好会とかは」

「他人とやるの、好きじゃないから」

「今日の肉体労働はやったじゃない」

「あれも、個人的にからだを動かしただけですから。制作って、たいへんな仕事なんですね」

「クラブだって、マネージャーいるでしょ。ああ、そっちはどこも入ってないのか」

「一公演終わるごとに、もう止《や》めようと思う。昂《たかぶ》りが残っているうちはまだよい。やがて疲労と空虚感に蝕《むしば》みつくされている自分が、いやでもあらわれる」

「何、それ」

「制作の気持ってこうかな、と。トコさんて、役者とか演出やる気はぜんぜんなかったんですか」

「少し、床が冷たくなってきたね」

「骨がしみじみする」

「寒いと、背骨が新派になるの?」

「浄瑠璃って言ってほしい」

「歌舞伎見るのか？」

「見たことないです。台本は読むけど」

「同じようなのがいたよ。舞台はろくに見ないで、戯曲ばっかり読んでた」

「劇団の座員に？」

「劇研のとき」

「死んだの？　その人」

「どうして」

「同じようなのがいたよ、って、過去形で言ったから」

「ずっと会ってないって場合も、過去形だよ」

「日本語は過去完了がありませんね。過去は完了しないで、現在にまで、糸引納豆」

「糸を引かない納豆はまずい」

「そう断言すると、浜納豆が怒ります」

「甘納豆は、納豆と認めてやらない」

「甘食《あましょく》っての、子供のときあったけど、消滅しましたね」

「ブラパットみたいな形したやつだ」

「トコさん、使ってるんですか」

「甘食？」

「の形したやつ」

「自前」

「死んだんでしょ」

「これがァ？」

「それじゃありません。戯曲ばっかり読んでいた人」

「死んだことを期待しているみたい」

「戯曲ばっかり読んでいた人が、ですね、生きているはずはない」

「すごい独断だ」

「その人、書いてたでしょ。かいていたって、恥だの、胡坐だの、汗だの、背中だの、陳腐な冗談言わないでくださいね」

「言うか」

「言おうとしたでしょ」

「おまえ、山父か」

「何です、やまちちって」

「山奥に棲《す》んでいる化け物。人の言おうとしていることを、先まわりして、わかっちゃうの」

「人の心を読める。超能力ですね」

「桶屋《おけや》が、桶に箍《たが》をはめているところに、山父がくるんだよ。そうして、一々、桶屋の思ったことを言いあてるの。おまえは〝こいつだれだろう〟と思っているな、とか」

「それは、山父とかでなくたって、目の前に知らないやつが立ったら、こいつだれだろうと思いますよ。おれだって、そのくらいならあてられる」

「桶屋の手がそれてね、いきなり箍がはじけて、山父の顔を直撃したの。人間てやつは、思ってもいないことをするから怖《こわ》いって、山父は逃げていった」

「どっとはらい、っていうんじゃなかったっけ。民話のしめくくりは。おれ、民話きらいなんだ。素朴めかしたやつは」

「意見が一致した」

「で、死んだんでしょ」

「こだわるなあ」

「このさい、徹底的に」

「それじゃ、わたしも、こだわろう。あほみたいだけど。どうして、戯曲ばかり読んでたら、死ぬの」

「ほんと、あほな質問ですね。その人、書いてたでしょ」

「書いてたよ。わたしが大学の二年のとき、劇研に入ってきた。『ロレンザッチョ』って知ってる?」

2

初めから、木谷《きたに》薫《かおる》は、書きたい、そうして上演したい、プランを持っていた。その実現のために、劇研に入ったと茎子に言ったのは、入部した年の夏だった。夏の休暇は、秋の文化祭の公演にそなえて、書き入れの稽古期間である。越智が台本を書き演出も兼ねた。

「小学校の六年のときに、一度、ミュージカルの形に書いたことがある。もちろん、ひどいしろものだった。中学のときに、また、書き直した」

木谷はそう言った。

「ずいぶん入れこんだのね」

たまたま部室には木谷と苳子のほかには、だれもいなかった。

「高校の間は、手をつけなかった。忘れようと思った。古くさい、どうしようもないアナクロの素材だと思ったりして」

もとのネタは、と、木谷は、わざとのようにえげつない言い方をした。

「仏蘭西《フランス》近代の浪漫派劇なんだ。ミュッセ、知ってる?」

「名前、聞いたことあるな」

「読んだ?」

「読んでない」

「だろうな。古本でも探さなければ、今、翻訳も出てないんじゃないかな。おれ、ガキのころ、祖父《じい》さんの本棚でみつけたの。十九世紀初め、巴里《パリ》で生まれた浪漫派詩人。おれの祖父さんてのは、仏文のほうの何かでさ。本棚にあるやつをかたっぱしから読んでたら、仏蘭西近代戯曲集というのがあってね。フランスじゃなくて、漢字で仏蘭西ってイメージで聞いてね。恥ずかしいくらいロマンチックなんだ。そのなかでも、ミュッセは、特別ね、もう。でもさ、苦《にが》くて、その苦さが、すごい魅力だった。どう苦いかっていうと」

『ロレンザッチョ』と、木谷は戯曲のタイトルを言った。

タイトルロールなんだ、主人公は。

舞台は十六世紀の伊太利《イタリー》、フロレンス。

「フロレンスは、漢字でどう書くの」

茎子はふざけた口調で訊《き》いた。木谷の熱っぽい喋《しゃべ》り方に、いささか茎子のほうが照れたのだった。

「本名はロレンゾ」

と、木谷は、茎子の問いを無視した。

「ロレンザッチョっていうのは、〝ロレンゾ〟を軽く見たあだ名っていうか、そんなふうなの。おれが、カボ助って呼ばれるふうなのね」

「カボ助って何よ」

「姉貴が、おれのこと、カボチャとかカボ助とかって呼ぶんだ」

「どうして、南瓜《カボチャ》？　カオルちゃんをもじったの？」

「そう。それに小さいころ、こんな顔だった」

　木谷は頰をふくらませた。

「いつから……」

「美《い》い男になったのは、高校のころからです」

「あつかましい。いつから瘦せたの？　って訊くつもりだったのに」

「そのころ、伊太利のフロレンスは、公爵アレクサンドル・ド・メディシが支配していた。歴史に残る暴君。ロレンザッチョは、その従弟《いとこ》で、公爵にしっぽ振って、放蕩《ほうとう》無頼、暴虐無残の仲間入り。それどころか、女をかっさらう手引きをしたり、公爵を倒そうと計画する愛国者を密告したり。剣の影が傍《そば》に見えるのが怖いと、無腰で歩く腐り果てた腰抜け。それがね、実は」

「そうくるだろうと、思った」

「公爵を安心させ、内懐に入り込んで、弑逆《しいぎゃく》してのけようという肚《はら》だった」

「よくあるじゃない、そんなの。ほら、忠臣蔵だって、大石内蔵助《おおいしくらのすけ》が、女買って放蕩するんでしょ。吉良《きら》のスパイの目を晦《くら》ますために」

「忠臣蔵と決定的に違うのは、そうして、おれが好きなのは、ロレンゾは、真実、腐っちゃった。腐ったふりをしているうちに、仮面がほんものの顔になっちゃった。しかも、それを、彼は自覚しているんだ。〝前には堕落というものも、私には単なる着物でしたが、今では膚《はだ》にぴったり糊《のり》づけになってしまったのです〟」

「わっ、くさいせりふ」

「そうしてね、ついに機会がくる。ロレンザッチョは、今夜自分が公爵を暗殺するから、それをきっかけに、市民よ、立ち上がれ、反乱を起こせ、メディシ家をほろぼせと、フロレンスの市民に告げるんだけど、誰も信じない。一軒一軒、扉を叩《たた》いて、公爵アレクサンドルは、今夜、ロレンゾ・デ・メディシに殺される、と告げ廻《まわ》る。返ってくるのは、罵倒だ。『酔っているなら、よそへ行って管《くだ》を巻け』『きさまは気が狂っている。馬鹿、消えて失《う》せろ』」木谷は言葉を切り、ね、と、ちょっと語調を変えた。

「伊太利人の名前って、おかしいのがあるよ。ロレンザッチョは、暗殺にそなえて、ひそかに撃剣の稽古をつむんだけど、その教師の名前が、スコ……」

二、三度言いまちがえ、ようやく、スコロンコンコロ、と、言って、笑いだした。いくぶん感傷的になりかけた自分を嗤《わら》ったようにも、莩子には聞こえた。
「あ、それ、だめだ」

莩子も笑い、

「名前言っただけで、客が笑っちゃう。役者も噴いちゃうよ。深刻な場面なんでしょ。何だって？　スココ……？」

「スコロンコンコロ」

「信じられないな。まじでそんな名前？」

「『あなたには、狙う仇《かたき》がいますな。あなたは、地団太《じだんだ》ふんでいらっしゃった。そうして、生まれた日を呪っていらっしゃいました。私には、耳があります。あなたが狂ったように騒いでいるときに、〈復讐《ふくしゅう》〉という小さいがはっきりした言葉が、よく聞こえました』」

「それが、コロちゃんのせりふ？」

「撃剣の稽古をしているときのね。『あなたのためなら、私はキリストさまでも、磔《はりつけ》にしてしまいます』ってのも」

「ココちゃんは、ロレンザッチョを愛してるんだ。ホモっぽい芝居なんだ。ロレンザッチョって」

「ロレンザッチョと公爵もね。その気《け》がある。女がさ、親の仇を討とうと思って色仕掛けで敵に近づいて、本気で好きになっちゃう、っての、よくあるけど、ロレンザッチョと公爵もね、そう書いてはないけれど、感じられる。おれが演出なら、そうする。だって、ロレンザッチョは、公爵を刺殺するんだからね。ロレンザッチョを軽蔑しながら気をゆるし可愛がってもいる公爵の胸に刃《やいば》を突き通す」

「恋するものをこそ、人は殺す。陳腐だよ」

「真理は、常に陳腐なの」

冗談めかした口調で、木谷は応じた。

そうして、いっそうふざけた口調で、

「腐敗が美しいのも、陳腐なの」

と、続けた。

「で、暗殺には成功したんだけど、ロレンザッチョの首には懸賞金がかかり、金目当てのだれとも知れぬ男に、彼は、惨殺される。そして、公爵のもうひとりの従弟がフロレンス公の位につき、メディシ家は安泰。ロレンザッチョは犬死」

「暗い話。それに、いまごろ、赤毛をやろうっていうの？　新劇だって、そんなのやらないよ」

「日本のね、中世に話をうつしかえる。乱世のころ。足利《あしかが》将軍にね、若くて死んだのがいる。義尚《よしひさ》だったかな。彼が、公爵ね。ロレンザッチョにあたるのは、架空の人物で。……実在の名を使ったほうが面白いかな。馬琴《ばきん》が『近世説美少年録《きんせせつびしょうねんろく》』で、毛利元就《もうりもとなり》と陶晴賢《すえはるかた》って、歴史に有名な二人を、善玉悪玉の美少年にして、とんでもない話をつくったみたいに」

「変なもの、読んでるのね。ミュッセに馬琴」

「だいたいね、戯曲読んで想像したほうが、実際に舞台を観《み》るよりずっと面白いってこと、あるんですよ。小説読んで、脚色してみたりね。もっとも、小説と戯曲って、まるで別のものだから、何かとっかかりを一つ、針にひっかけて、こっちにひっぱってくるだけね。小説をだらだらなぞったら、まるでつまらない」

「芝居は、役者の肉体と演出がなくちゃ。レーゼドラマじゃ」

「違うんですよ。読むために書かれた戯曲じゃなく、おれが言ってるのは」

まあ、いいや、と、木谷は言葉を切り、

「バックの音楽は、もちろん、いまのやつ何でもありで」

と話をロレンザッチョの上演に戻した。

「衣裳代がかかるよ。どうして、そんな古くさい話に夢中になったんだろ」

「いまのおれたちの芝居ってわりあい、トリヴィアリズムでしょう。三島《みしま》ふう大芝居、かえって新鮮だよ」

「うちでは、やらないね、まず。越智さんそういうの嫌い、っていうか、無関心だもの」

「嫌いと無関心は、全然違うよ。どっちなの。嫌いっていうのは、すごい、関心はあるわけでしょ。関心てのは、興味でしょ。嫌いは好きの裏に貼りついた顔。能面の表と裏って、凄《すご》いギャップだよ。嫌いなら、望みあり。無関心なら、関心持たせよう」

「持たせよう、って、まるでわたしを共犯に巻き込もうとしているみたいだけど、わたしも、別に、むりにそれをやろうとは思わない」

「どうして」

3

「どうして？　どうして、その話に興味を持たなかったんですか、トコさんは」

えくぼの後輩が訊く。

「興味持てる？　そんな大時代な話」

「さあ……」

「でもね、わたし、努力はしたのよ。実現させるように」

「どうして」

「どうしてって……」

「興味なかったんでしょ、その題材」

「伊太利世紀末の大芝居には興味をそそられなかったけれど」

「木谷というひとには」

「まあね」

茎子は軽く言って、その先に続くであろう言葉をさえぎった。

興味をそそられた、軽くそう言うには、重すぎる感情を、どうして持ってしまったのか。

「台本、書いてみたら」

「実は、最近書いたの、あるんだ」

木谷は言った。

「見せてみる?」

「越智さんに?」

「まず、トコさんに」

苳子がそう言うと、自信と不安の入り混じった表情を、木谷はみせた。

「ほんとを言っちゃうと、ロレンザッチョの役……」

語尾をのんで、ずいぶん長い間、木谷は言いよどみ、

「トコさんのオーケーがいるの?」

と言ったが、それは、最初言おうとしたこととは違ったもののように、苳子には感じられた。

「権限は、越智さんにあるし、うちの部はいまのところ、越智さんが自分の台本を舞台にかけるためにあるみたいなものだから、難しいとは思うけれど、わたしも少しはプッシュできると思う。一応、読まなくちゃ、何も言えない」

木谷は答えなかった。

ふだんの茅子なら、自信がないの？　うじうじするなら、勝手にやりなさい、と手をひくところだ。

不思議に腹がたたなかった。

「越智さんが卒業しちゃえば、いずれそっちが部長になって、好きなことやれるから、もう少し待つって手もあるけれど、越智さん、裏表、ぎりぎりまでしっかり、留年するつもりらしいから、そっちが先に卒業になるかな」

「留年の予定立てているんですか」

「社会人になっちゃう前に、劇団の足場しっかり固めて、卒業したら、いまの劇研のメンバーで、正式に劇団として旗揚げしようってつもりよ」

「トコさんも参加するの？　するだろうな。名女優だもんな」

「わたしは、まだ、決めてないの。いまはさ、一応、わたしが女では主役もらっているけれど、あんまり向いていない気がする」

「意外。好きでやっているんじゃないの?」

「まあ、好きは好きなんだけど、ときどき、しらけるのね。役者って、しらけたら、もうだめじゃない。かっと熱くなって、しかも醒めて。普通じゃないよ。わたしは、普通の人だから。限界感じる」

「いまから限界感じてるの。じゃ、だめだな」

「あっさり見切りつけるなァ。迷ってるのよ、まだ」

「続けたくもある?」

「毒入りの酒だから。すでに中毒してもいる」

「中途半端に中毒って始末が悪いね」

「いまなら、まだ、足を抜けるってね」

「芝居に中毒しているんですか。それとも、越智さんに中毒しているんですか」

ちょっと間をおいて、

「絶句」

茎子は、ふざけた。

「越智さんて、そんなに魅力あるかなあ」

「勝手に決めないでよ」

「じゃ、純粋に芝居の毒に？」

「深く追及するな」

「おれにも関わってくることだから」

「何が」

「トコさんがどこまで本気で芝居やるつもりなのか」

「そっちに関係ないでしょ」

「ある」

「どうして」

えへ、と、木谷は笑った。

「あっ、そういえば、ちょっと似てた。木谷も、やっぱり、えくぼと八重歯だった。もっと細かったけど」

何時だろう、長話しちゃった。オーナーさんに挨拶して、精算しなくちゃ。

腕時計を見た。五分とたっていない。

まだいいか。

「いいですよ」

後輩は、えくぼと八重歯をみせ、

「で？」と、話の先をうながす。

「で？　って言われても、困るんだな。別に……」

「それから？」

「そっちは山父だから、わかるだろ、話の先」

「人間は思ってもいないことをするから、怖い、って山父は言ったんでしょ」

「わたしの思ったこと見抜いたじゃない。〝まだいいか〟と思ったら、〝いいですよ〟って」

「腕時計見たんだもの、時間を気にしているなって、わかります。山父とかじゃなくたって。まだ、その人が死んだところまで、話がいってない」

「人の死んだ話、好きか？」

「大好き」

「えくぼ。やなんだよ、おまえのそれ」

「恥ずかしいですね」

4

四百字詰めの原稿用紙九十枚ほどだった。一枚一分と計算して、

「上演時間、一時間半。まあ、手ごろだな」

一応目は通した、と越智は言った。

「やる?」

「だれが」

「やっぱり、やる気なし、か」

いま、話を持ちこんだのはまずかったなと、茎子は思った。秋の公演のことで、越智の頭はいっぱいなはずだ。

空き倉庫を、稽古場に借りている。まだ部員は集まってこず、木谷も顔をみせていなかった。

「せりふに、〝腐〟という字が全部で百三個出てくる。腐爛《ふらん》が二十一、腐敗が十八、その他、腐肉、腐縁、腐朽、腐刑、腐刻、腐骨、腐市、腐死、腐蝕……。ト書きも数えたら、もっとだ。偏執狂か、木谷って」

「数えたそっちも、ちょっと、偏執狂っぽい。わたしも多いなとは思ったけれど、数えはしなかった」

でもさ、と、苳子は木谷のために言葉を添えた。

「悪くないんじゃない？」

「仕込みにそうとうかけないと」

越智の口調は、否定的ではないと、苳子は感じた。

数日後、

「来年の秋にやろうかなって、越智さん、言ったわよ」

苳子が告げると、木谷は一瞬、顔をこわばらせた。

それから、へえ、と、茶化したような声をだした。

「素直に喜びなさいよ。越智さんが、他人の台本をやるなんて、初めてなのよ」

「ロレンザッチョは、トコさんがやってくれるの？」

「え？」

「だからさァ、ロレンザッチョ」

「やろうかな、っていう段階よ。かなり、その気になってるようよ」

「越智さんが、でしょ。トコさんは……」

「女のいい役、あまりないね」

「ロレンザッチョをトコさんがさ。日野有朝《ひのありとも》って名になっているけれど」

「ばか。わたしに宝塚やれっていうのか」

「適役だと思う」

「自分がやりたいんでしょ」

「トコさんにやってほしい」

「やだよ」

「どうして。最高、いい役だよ。腐ってゆく女。綺麗でしょう」

「男だろ」

「トコさんは、女でしょ」

「ロレンザッチョは男だろ。男が女をやるのは、いいよ。女方の極致は、悖徳《はいとく》の美の極致だからね。女が男をやったら、たるくって見ちゃいられない。ね、木谷って、腐爛パラノイア?」

なにげなくつけくわえた茎子の言葉に、木谷は微笑で応えたが、えくぼが浮かぶまでの束《つか》の間に、やわらかい唇が木彫りのように硬直し、ほどけるのを、茎子は見たような気がした。思いがけない激しい反応は、一瞬の間に走り過ぎたので、気のせいだったかとも思った。

腐敗寸前の甘く饐《す》えた香りがかすかにただよったような錯覚を、そうして、茎子は、持った。

「トコさんは、そのころは役者だったんですね。制作じゃなく」

えくぼの後輩は言葉をはさんだ。

「迷いながらね。やっているときは結構夢中でも、一公演終わるでしょ。次の準備を始めるまでのあいだに、迷うのよね」

「で、ロレンザッチョの日本・中世版ていうの、成功したんですか」

「おまえ、山父ならわかるだろ」

「実現しなかった。あ、ぼく、超能力者じゃないですよ。当たっていたとしたら、直観の鋭さをほめてください。トコさんの口調とかから、察したんだから」

「その年の秋の公演が終わってから、越智が、部員に、正式に発表したの。来年の演《だ》し物としてとりあげるって。そうしたら」

「死んだ」

「やっぱり、おまえ、山父だ。そこまでわかるなんて」

「話の流れとして、当然そうなります」

「そうとはかぎらないじゃない」

「その人、死んだって、初めに、トコさん、言ったもの」

「だからって、どうして、上演決定と自殺が結びつくのよ」

「どうしてなんですか」

「わかるんだろ、そっち」

「トコさんが話してくれるんでしょ」

「先取りされると気がぬけちゃうよ」

「でも、話したいんですよ、トコさんは」

「ほら、そういうふうに、人の気持を裏読みする。悪い癖だ」

「黙ります」

「ついでに、えくぼもやめてほしい」

「無視してください。皺《しわ》の一種だと思って。単に、顔面筋肉の動きにすぎません。どこかがひっ攣《つ》れるんです」

「木谷の死に顔、八重歯が牙《きば》の先みたいに、唇から少しのぞいていた」

「こういうふうに？」

「わ、やめろ。醜《みにく》い。八重歯ってのは、無駄な歯なんだ。電気剃刀《かみそり》の二枚歯なら実用品だけど」

「八重歯はマニエリスムなんです。あるいは、バロック。無駄なデコレーションが、美しい」

「吸血鬼には便利かな、八重歯」

「木谷さんて、吸血鬼だったんですか」

「えくぼの吸血鬼っていると思う？　八重歯はともかくとして」

「腐爛マニアのほうでしたね」

「やな言い方しないでほしい」

「かなり、本気で、いま、嫌がった。追憶のなかでは、腐爛も美化される」

「木谷は、腐爛するまえに発見されたの。わりあい綺麗だった」

「ネクロフィリアですか、トコさんは」

「おまえだろ、死体愛好症は」

「偏見です」

「さっき、人の死んだ話が大好きだと言ったじゃない」

「ネクロフィリアを、象徴的、抽象的、観念的な話題としてとりあげるのは、けっして嫌いではありませんが、現実の死体なんて、抜け殻ですから」

「興味ない？　死人の血はまずいからか？」

「あれ、吸血鬼にされちゃった」

「死刑の一つに、薔薇《ばら》の葩《はなびら》で窒息させるのがあるって、聞いたことない？」

「薔薇の葩でどうやって窒息させるんですか」

「身動きできないようにして狭い部屋にいれて、天井から薔薇の葩を降らして、葩に埋めて息ができないようにするんだって」

「あまり現実的じゃない方法だな。葩なら軽いから隙間《すきま》があるでしょ。土のほうが確実に窒息させられます」

「イメージが綺麗だと思わない？」

「葩でも土でも、窒息死が苦しいのは同じでしょ」

「刑罰だもの。安楽死と違う。木谷から聞いたのよ、その話」

「薔薇園の薔薇を全部集めたって、殺せないと思うな」

「降り積もらせるうちに、下のほうの、顔に密着した葩は、腐敗して、とろけて、腐汁になると木谷は言ったのよ」

「枯れると思います。腐る前に。干からびて、ドライフラワーになっちゃう」

「おまえと喋ってると、イメージ狂う」

「まさか木谷さん、そうやって死んだわけじゃないんでしょ」

「願望と現実は一致しない」

「窒息死したかったんですか」

「腐爛の薔薇に包まれて死ぬ光景を、木谷、語ったの」

「とんでもない悪趣味だと思います」

「縊死《いし》だった」

「あれは醜い」

「見たことあるの」

「想像しただけでも」

「難しいんだよね。意外と。自殺って」

最近の睡眠剤は、大量に飲んでも死ねないような成分になっている。都市ガスも毒性をぬいてある。高層ビルは、屋上から飛び下りられないようになっている。刃物は不確実。と、茎子は並べあげた。

「飛び下りだって、できないことはないけれど、高い網を乗り越えたり、死ぬまでにいい加減、エネルギーがいるよ。もうちょっと楽に」

「トコさん」と、後輩は、ひどくまじめな声をだした。

「まるで、トコさんに自殺願望があるように聞こえます。木谷さんの話をしてるんでしょ」

「薔薇にこだわっていたんだけどね、木谷。結局、めんどくさくなったのかな。ただの縊死」

「縊死が綺麗なはずはない。さっき、綺麗だったたって言いませんでしたか」

「よくおぼえてるな。腐敗はしていなかったってこと。発見が早かったから。アパートをひとりで借りていたの。姿を見せないので、わたしと越智が、部屋を訪れたら」

「トコさんの追憶のなかで、理想的な綺麗な死体に変貌したんでしょ。縊死体は醜い」

「わかったよ。おまえ、顔に似合わずしつっこいな」

「丸いのが淡白とはかぎりません」

「エダムチーズは丸い、とか、くだらないことを言いたいんだろ」

「トコさんは山父ですか。女だから山姥《やまうば》かな」

「山姫とでも言ってほしい」

5

「会ったの」

綺麗な人だった、と、声には出さず、苳子は呟いた。

誰に？ という当然返ってくるべき問いを、後輩は、口にしなかった。

目で先をうながしただけだ。

「木谷の葬式のとき」

苳子は続けた。

「あいつの実家って、福島の結構リッチな土地持ちだった。わたしと越智のふたり、劇研の代表として、列席したの。お祖父さんが仏蘭西文学のなんとかって言ってたから、学者の家系かと思ったら、学者はお祖父さんだけで、お父さんはガソリンスタンドのチェーン店なんか持ってて。旧家だから、大きい家でね。わたし、トイレ借りようとして、家のなかで迷子になっちゃった」

傍《かたわ》らにいるえくぼの後輩を、苳子はほとんど意識にとめず、追憶のなかに身をおいた。

薄闇が周囲から迫った。

紙の葩《はなびら》がまたひとひら散り落ちた。

「暗い冷たい長い廊下で、お手伝いのような人と出会ったの。座敷に戻る道を訊こうとしたら、東京からみえた、薫さんの大学のかたですか、そう逆に向こうからたずねたわ」

〝ええ、そうですけど〟

〝こちらにおいでください〟

そう言って、奥に案内するの。

廊下を曲がり曲がって、階段を上がったわ。踏板のがっしりした階段だった。上がりきったところからまた廊下がのびて、襖《ふすま》と柱と土壁が交互に続いていた。

襖の前でひざまずいて、

〝お連れしました〟

〝入っていただいて〟

襖の向こうから、声がしたの。

〝うつりはしませんから、ご心配なく〟

そう言ったのは、そのひとだったかしら。お手伝いさんだったのかしら。わからないわ。

琴子は身を起こし、舞台に坐った。

深まった闇のなかに、その女人が横たわっているのを視る。肘《ひじ》でからだをささえて、そのひとも起きなおった。

そのあと、どうやって座敷に戻ったか、おぼえていないのよ。おかしいわね。あまり重要じゃないことって、記憶から欠落するのね。

東京からわざわざ列席したというので、わたしと越智、ずいぶん、歓待してもらったわ。葬式がすんだあとでね、叔父さん夫婦っていうのが、わたしたちを自分の家に連れていって、泊めてくれたの。

夫婦そろってきさくなたちで、ことに奥さんのほうは、よく喋る人だった。

木谷をカボチャとかカボ助とかって呼んだというお姉さんのことを、わたしが口にしたら、〝肺病〟とは違うのだ、って、叔母さん、強調したわ。地方では、肺病って、とても外聞が悪いみたいに思っているのかしらね。

肺壊疽《えそ》って、言っていたわ。

本人が、医者を拒否しているんだって。

あの部屋、お香を薫《た》きしめていたわ。においをまぎらせるために。

木谷がね、わたしに言ったことがあるわ。

〝つまり、姉貴は、生きることに、価値をまるで認めないんだよ。これ、ひどいって思わない？　おれにはね、ひとことも、そんなこと言いはしないよ。でも、全身でね、示しているんだ。おれは、ノーって言い切れなくなっちゃった〟

越智はその女人《ひと》に会わなかった。木谷からも何も聞いていない。でも、木谷の戯曲を読んでいるから、なにか少しは感じたのかもしれないけれど、わたしたち、そのことにはいっさいふれなかった。

帰りの列車のなかでも、話題にしなかった。駅弁が高いばかりでまずいとか、そんなことしか喋らなかったわ。

わたしだって、木谷から、きちんと説明されたわけじゃないのよ。あいつ、勝手に死んだんだから。あいつにだって、はっきりわからなかったんだと思う。なぜ、死に傾斜するのか。

でもね、あいつが気障《きざ》なこと言うのが聞こえるわ。言葉になっていなくたって。お姉さんの無言の言葉をあいつが聞き取ったように。

たとえば、肉の腐敗は魂の腐敗にまさる、とかね、あいつ、くさいせりふが好きだったからね。

腐敗を美しいと認めなくては、お姉さんが醜くなるものね。

そして、いつか上演をって願望を持っているあいだはそれがささえになるけれど、実現しちゃったら、木谷、だめなのよね。

木谷のそのことね、わたし、いままで、だれにも話したことはなかった。越智とも。

芝居止めようと思ったの。でも、続けていたら、もしかして、『ロレンザッチョ』を越智といっしょに手がける機会があるかしらと……というより、何だかずるずるきちゃったのね。役者は止めたけど。越智とはまあ、半分夫婦みたいな関係でもあるし。

もうね、この公演を最後に、足洗おうとか、越智とも別れようとか思ったり。

おい、えくぼ、おまえが木谷じゃないのはわかってるよ。

たとえばさ、古い劇場《こや》には、座敷童《ざしきわらし》みたいに小屋童《こやわらし》がいるとかさ。

いいよ、そんなに、葩を降らしてくれなくたって。

止めやしないからさ。芝居。また、次の幕が、開く。

禱鬼

とうき

姉は、その桶《おけ》を大切にしていました。

桶を？　とわたしは訊《き》きかえした。

篠田綱男《しのだつなお》は、うなずいた。

1

舞台の袖《そで》での立話であった。

わたしは、三世藤川芳右衛門《ふじかわよしえもん》の生いたちを聞き書きするため、猿若座の楽屋にかよいつめていた。

芳右衛門は、明治生まれ、真女形《まおんながた》の大名題《おおなだい》である。芸談集やら、聞き書きを芳右衛門自身が書いたエッセイという体裁にしたものなど、数冊が刊行されているが、自伝としてまとめるのは、はじめてであった。

この仕事は、かなり骨が折れた。

高齢の芳右衛門は気むずかしく、初対面のときから、わたしをあまり気にいっていないように感じられた。

わたしもこの仕事を命じられるまで、芳右衛門の舞台に関心が薄かった。芳右衛門ばかりではない。歌舞伎そのものに、それほど深い興味や造詣があるわけではなかったのである。

本来は、岸田《きしだ》という出版局の先輩がインタビューすることになっていた。芳右衛門の名前で出すのだから、岸田はゴーストライターである。岸田は三十代の半ばだが歌舞伎に通じ、芳右衛門にもかわいがられているとのことだった。芳右衛門の方でも、岸田さんとなら、と乗り気になっていたというが、岸田は急にある作家の取材に同行してヨーロッパ長期出張が決まり、東陽《とうよう》新聞に入社して五年のわたしが、岸田のかわりを命じられた。わたしは入社以来ずっと出版局に在籍し、岸田が直属の上司であった。

『芳右衛門自伝』はすでに企画がとおりゴーサインが出ていたから、よほどのことがないかぎり、中止はできないのだった。

歌舞伎の知識に乏しい若い女性、つまりわたしのようなものがインタビューすることによって、新鮮な話がひき出せるのではないか。上司たちには、そんな思惑もあったようだ。

聞き手が歌舞伎通であれば、初歩的なことはお互いの了解事項として省略され、話が専門的になりすぎるおそれがある。いまの読者は歌舞伎ばなれした人が多いし、ことに若い層は、歌舞伎に関しては外国人のようなものだ。聞き手がそういう人たちに近いレベルに立って質問すれば、だれにでもわかりやすい談話がとれるのではないか。

ぼくは、鹿島屋《かしまや》（芳右衛門）のことは知りすぎているから、インタビュアーとしては、かえってよくないかもしれないよ、と、岸田も言い、出発前の慌しい限られた時間のなかで、参考資料をリストアップしてくれたりした。

しかし、インタビュアーが替ったことで、芳右衛門は最初から不機嫌であった。他の作家に岸田が同行する。わたしよりその作家の方を上に見ているのだ。面子《めんつ》をつぶされた、という憤りもあったようだ。だが、それを表だてて言うのはそれこそ面目にかかわる。腹立たしさは内攻し、岸田や社の上層部にむけられるべき怒りが、刺《とげ》のある言葉となってわたしにむけられる。そう、わたしは感じないわけにはいかなかった。

わたしの幼稚な質問も、芳右衛門をいらだたせた。わたしも前もってせいいっぱい勉強したのだけれど、そんな一夜漬けが通用するには、この世界は底が深すぎた。そんなことはどうでもいいでしょう。そんなことも知らないのかね。芳右衛門につきはなすように言われるたびに、わたしは身がすくんだ。

いやみを言われながら、わたしは次第にこの老女形に敬愛の念を持ちはじめた。役者は、蔭《かげ》の世界でどれほど驕慢《きょうまん》であろうと、嫉妬心が強かろうと、舞台でみごとに耀《かがや》けばよいのだ。芳右衛門は、稀有《けう》の耀きを放つ一人であった。

そうして、わたしはまた、舞台の裏のありように心を奪われはじめた。

この世ならぬ美しさをみせる舞台は、混沌《こんとん》とした底深い世界のほんの一部であった。よりおそろしい、激しいもののひそむ広大な闇が、その奥に、左右に、地下に、ひろがっていた。闇の具体的な領域として、両袖があり、奈落《ならく》があった。そうして、そこで働く人々がいた。

猿若座は、歌舞伎座や国立劇場のように大規模ではない。歌舞伎座の客席数は一九〇六、国立劇場は、一七四六。猿若座は、七〇二と半分以下の規模だが、昔の芝居小屋の雰囲気をあるていど伝えている。設立されたのは大正の初期、その後、大震災でくずれ、空襲で焼け、そのたびに建て直されたのだが、昔の様式を残すように配慮された。もちろん、照明などの設備はととのっているし、廻《まわ》り舞台、セリも電動である。しかし、小体《こてい》なだけに、観客との交流が密で、客にも役者にも好まれている劇場《こや》であった。

わたしもこの劇場が好きになった。椅子席なのが残念だけれど、昔ながらの畳敷きの枡《ます》では、現代の生活様式になれたわたしなどには、長時間の観劇は苦痛かもしれない。冷暖房の設備がゆきとどいていなくては、とても耐えられないだろう。古い味わいと現代の便利さが、ほどよく妥協していた。それだけに、強い個性は持たぬ劇場であった。それでいいのかもしれない。劇場は、文字どおり、劇をのせる〝場〟なのだ。場が自己主張をしはじめるのは本末転倒だ。場の存在を観客に忘れさせ、観客に自己の存在さえ忘れさせ、劇の宇宙がくっきり浮かびあがる、猿若座は、そんな劇場であった。

篠田綱男と話をかわすようになったのは、何がきっかけだったろう。たしか、綱男の方から話しかけてきたのだった。

篠田綱男は、人目にたたぬ裏方の一人、大道具の係であった。

二十七、八、骨が細く小柄だから若く見えるので、実際はもうちょっと上なのかもしれない。右脚が少し不自由だった。膝が充分に曲がらないため、歩くとき、右の脚は外側にわずかに弧を描いた。

綱男に話しかけられる前から、わたしは綱男に目をとめていた。

何人もいる大道具方のなかで、綱男をわたしがことさら意識したのは、彼の脚のせいではなかった。綱男は、裏で働く人々のなかでも、ものしずかで目立たない方であった。

彼の持つ一種独得の雰囲気。それが何なのか、わたしははじめ言葉で言いあらわせなかったが、やがて、役者の身にそなわった色気と共通しているのではないかと思いあたった。

綱男は決して、自分の花を役者のようにきわだたせようとはしていなかった。むしろ、控えめで、自分の身の内にそのような華やぎがひそんでいることに気づいてさえいないふうであった。

舞台の裏は、わたしに奇妙な感覚を与える。

ライトに照らされた舞台が一つの幻想空間なら、裏の世界は何と呼ぶべきだろうか。

幻想の空間に対するものは、日常、現実の世界だろう。そうして、つけ加えて言うなら、雑駁《ざっぱく》な日常より、そのなかから真実を抽出して造りあげられた幻想の舞台の方が、わたしには、よりなまなましく力強いのだが。

裏方が立ち働く空間は、そのどちらにも属さなかった。ほとんど空無といっていい場所だ。しかも、もっとも猛々《たけだけ》しい力のこもった場所ともいえるのであった。幕間《まくあい》に、大道具の飾り変えが行なわれるのを、邪魔にならぬ隅の方に佇《た》ち、ひっそりと眺めているのが、わたしは好きだった。

破壊と創生。太古から数億年の時間をかけて行なわれる世界の交代が、凝縮されて眼前にある。そんな大げさな感慨さえ生じた。

めまぐるしく動きまわる裏方たちは、この破壊と創生の力を持つ何ものか——たとえば、〝時〟——が、仮に人の形をとって顕現《けんげん》しているとも言えた。

そのうち、わたしは、気がついた。開幕中も、裏方は次の景の道具飾りでいそがしいものなのだが、その最中に綱男の姿がみえないことがしばしばあるのだった。はじめのうちは、どこかほかのところで仕事をしているのだろうと思っていたのだが、度重《たび》なるにつれて、気にかかりだした。

彼の不在をだれも気にとめていないふうにみえるのも、わたしには奇妙に感じられた。「篠田さんは?」とたずねるには、裏方たちはいそがしすぎ、ほとんど殺気だってさえいた。うかつに声をかけようものなら、はねとばされそうだ。

その日、芳右衛門はことさら機嫌が悪かった。

この月の演《だ》しものは、『阿国御前化粧 鏡《おくにごぜんけしようのすがたみ》』の通しであった。

文化六年、森田座《もりた》で初演されたという、鶴屋南北《つるやなんぼく》の怪談ものである。

佐々木家《ささき》の側室お国御前は、家臣の狩野四郎二郎元信《かのうしろうじろうもとのぶ》を愛している。しかし、元信の方では、お家再興に必要な、佐々木家の系図をとりもどすために、お国に近づいたのであった。

系図奪取に成功すると元信はお国を捨てる。裏切られたお国は、狂い死にし、元興寺に埋葬される。お国の亡霊は元信を元興寺に誘い出し、美しい姿をあらわして誘惑する。しかし、お国がすでに死んでいることを知っている土佐又平に正体を見破られ、白骨の姿にもどる。

又平は佐々木家再興に必要な二百両の金の工面を、重井筒の芸者累《かさね》にたのむ。累は、客に身をまかせて金をつくるが、その金が元信のためのものと知ったお国の亡霊は、累にとり憑《つ》く。累の鏡台の前におかれたお国の髑髏《されこうべ》が、累の顔にとり憑いて異形の化けものに一変させる。凄《すさ》まじい形相《ぎょうそう》となった累は、又平に惨殺される。

芳右衛門がつとめているのは、このお国御前であった。

出ずっぱりで体力のいる役である上に、宙乗りの場面まであるのだった。

元興寺の場で白骨となったお国が、骨寄せで美しい生前の姿となり、秋草の野の上を宙乗りでゆらりゆらりと行くのである。

芳右衛門の齢《とし》からしたら、宙乗りはたいへんな荒わざであるはずだが、芳右衛門はその苦痛をみせず、妖しく美しい絵を観客の目にうつした。

しかし、その直前の緊張ぶりは、裏にいるものにはよく感じとれた。

芳右衛門は剛胆《ごうたん》ではなかった。危険なことに対しては、人一倍神経質で臆病であるらしかった。

談話をとるにはむかない状態だったのである。

しかし、企画を予定どおり進行させるという方が優先した。芳右衛門も、岸田との仕事のつもりで当初は乗り気になっていたから、岸田が希望するとおりに公演中のインタビュー、取材を承知したのであった。むしろ、芳右衛門の方が積極的だったのだそうだ。

中日《なかび》をすぎたが、談話はいっこうに進んでいなかった。

これでうまくまとめられるのだろうかとわたしは心細くなり、インタビューはぎごちなさを増し、芳右衛門をいらだたせた。

「今日は、話はよしにしておこう」

芳右衛門はそっけなく言い、鏡にむかった。

皺《しわ》の深い顔の上を細いしなやかな指が這《は》い、油を塗りつける。眉をびん付油でつぶし、練白粉《ねりおしろい》で顔を塗りこめてゆく。

「気が散るから、消えておくれ」

わたしは芳右衛門の楽屋を出た。

公演中に談話をとるというのが、だいたい、無理なのかもしれなかった。

もっと余裕のある役のときならいいが、今回は通し狂言の主役なのだ。

押しかけるこちらの方が心ないことをしている、と思いながら、わたしは、いつか芳右衛門がふっと心をひらいてくれるときがあるのではないかという思いを捨てきれないのだった。

芳右衛門という役者の肉体に、長い年月が蓄えられている。それは、八十年近い彼の生涯の時間を更に越え、それ以前の、何百年をも包含していた。

わたしは舞台の下手《しもて》の袖に佇《た》った。

ひどく疲れていたのかもしれないが、その疲れは意識にのぼらず、放心していた。うまくゆかぬインタビューのことを思いつめるのがおそろしく、気持をそらせていたのかもしれない。

どうしてもうまくいかなかったら、降りると自分から申し出なくてはいけないだろう。詰め腹を切らされるまでみれんがましくしがみついていたくはなかった。

だが、わたしの失敗は、岸田の失点にもなるのだった。芳右衛門から話をきき『芳右衛門自伝』としてまとめるという企画は、岸田が発案したものだったからである。すでに岸田の手をはなれているのだから、成功しても岸田がほめられることはないが、失敗すれば責任の波はかぶらされる。

袖に佇《たたず》みながら、このとき、わたしはふいに烈《はげ》しく岸田を想《おも》った。岸田の気持は知らない。

舞台では大道具の飾りつけがはじまっていた。

あいかわらず、綱男がいない。

わたしの目のはしに、何かが動いた。

そちらに目をやると、紺の股引《ももひき》をぴったり穿《は》いた脚が、袖の壁に垂直にとりつけられた梯子《はしご》を下りてくるところだ。綱男であった。

仰向くと、これまで意識にとめたことのなかったおびただしい吊物《つりもの》やボーダーライトが目に入った。

下手の袖壁からホリゾントの上部、そうして上手《かみて》の袖へと、手すりのついた細い通路がはり出している。二メートル半か三メートルぐらいの高さのところだ。

吊物の下端すれすれの目のくらむ高みには、歩み板がはりわたしてある。これは手すりも何もない、ただの板きれの足場だ。

「どうしました?」

綱男は、はじめて、わたしに話しかけた。

ひっそりした声だった。このとき、わたしはまだ、彼の名も知らなかったのである。

2

どうしました？　と訊かれても、返答に困った。

「別に……」としか、言いようがない。

よほど沈んだ顔をしていたのだろうか。

インタビューがうまくいかないことや、岸田のことなど、かるがるしく口にできはしない。

「いつも、この上の方にいらっしゃるんですか」

と、わたしの方からたずねた。

「宙返りの介添えのためですの？」

白骨から美しい女の姿にかわったお国御前は、宙に吊り上げられ、上手から下手に舞台の上を横切って袖に入る。

しかし、その介添えのためなら、何も開幕前から上にいる必要はない。

「姉が」

と、綱男は、まるで脈絡のないことを口にした。

そうして、姉はその桶を大切にしていました、とつづけたのである。

「桶を？」

「そこまで、のぼってみませんか」

綱男は袖壁の上方にはり出した通路を指さした。

三メートル。上に立てば、身長も加わって、目は袖の床から四メートル半もの高みにあることになる。一応手すりがついているとはいっても、低い粗末なものだ。

綱男は、身軽に梯子をのぼりはじめた。脚の不自由さは苦にならない様子だ。わたしもあとにしたがった。

手すりは、よりかかるには低すぎた。

綱男は腰を下ろし、手すりの桟《さん》のあいだから脚を出した。わたしもそれにならった。

宙に腰かけたかっこうである。

立ち働く人々は目の下にあった。

「もっといい場所があるんですよ」

と綱男は、はるかな高みにわたされた渡り板を指さした。

「怖いわ」

「そうでしょうね。だから、とりあえず、ここにしました。ここも、なかなかいいでしょう」

「舞台の裏といえば、楽屋とか袖とか、奈落。それしか考えなかったけれど、こういう高い場所もあるんですね」

「私はいつも、舞台を見下ろしています」と綱男は言った。

このひっそりした大道具方の男と語りあうのに、宙空の通路は、まことに適した椅子と感じられた。

「お姉さまのことを言いかけていらっしゃったのよ。お姉さまが、桶を大切にしておられたって」

「檜《ひのき》か椹《さわら》か、木の桶でした。平たい……さしわたしは、このくらい」

三十センチか四十センチぐらいの幅を両手で示す。

「私が子供のころの話ですよ。姉は、私より十も年上でした。母親が違うのです。姉は先妻の子でね」

「あの……」わたしは、さえぎった。

「何か、こみいった、おうちの事情のお話？」

わたしは、ようやくとまどいを感じた。しょんぼりしているわたしを、何か彼なりのやり方で慰めようとしてくれているのだ、奇妙な高い場所に誘ったのはそのためだ、とわたしは察し、やさしい人だなと思ったのだけれど、彼の家庭の事情などをいきなり打ち明けられるとは思わなかった。

周囲から切り離された高い通路。こちらの姿は人の目につかず、下の世界をひそやかに眺めている場所。自分が影になってゆく場所。そこに、不思議なやさしさを感じさせる男と二人だけでいる。やさしいけれど、暖かくはない。底冷えのするやさしさ。春先のみぞれ。とにかく、わたしは、ほんのいっとき、黙って綱男によりかからせていてくれれば、それで充分なのだった。この場所でわたしは空無になり、新しい力が注ぎ入れられ、よみがえる。そんなふうな予感があった。軀《からだ》が楽になる。心が楽になる。身の内をみたしていた苦痛が少しずつ確実に消えてゆく。

ここは、そういう場所であった。もちろん、だれもがそんなふうに感じるわけではないだろう。あまりに疲れていたための、錯覚かもしれなかった。

「姉の母親というひとは、長いあいだカリエスで寝たきりだったそうです。母親――きみさんという名でしたが――きみさんも辛《つら》かったでしょうが、それを見ている姉も辛かったのだと思います」

下では、舞台の準備がととのってゆく。この人が仕事を休んで上にいるのを、だれも咎《とが》めない。

「私は、母と二人で、小さい借家に住んでいました。男がときどきたずねてきました。私はその男をお父さんと呼ばされました。たしかに、私の父親であったのです。なぜ、いっしょに住まないのかと不審を持ちはじめたのは、小学校に入ってからだと思います。父親というものは、母親や子供と一つ家に住むのがふつうなのだと、知ったからです。小学校の三年になったとき、母といっしょに、父の家にうつりました。年上の娘が、そのうちにはいました」

「お姉さま、ね？」

「ええ、父の先妻の娘です。先妻が死んだので、前から囲っていた私の母を、後妻にいれたのだと、後になって、私にもわかってきました」

下の方で、小さく柝《き》が鳴った。舞台の準備がととのった合図である。

綱男の言葉が描き出す情景が、わたしの目には現実と二重うつしになり、飾られた大道具の方がおぼろにかすむようであった。

「姉は、桶に水をたたえ、庭に出ました」

「夜なのね」わたしは言った。その情景が見えたからである。「そうして、月が……」

「そうです。月が出ていました。『お月さまをうつしているの？』」

お月さまをうつしているの？

綱男はたずね、姉の肩越しに桶をのぞきこむ。わずかにさざなみだつ水の底に、月が揺れる。少しいびつな月が。

姉は首を振った。

「私の父の職業を、まだ話していませんでしたね」

綱男は言った。

「小道具師でした。踊りにつかう小道具を専門に作る会社の、一応、経営者でした。そんな関係で、私も舞台に立つようになったのですけれど」

脚はまだ、こんなじゃなかったのですよ、と、わたしの目が思わず彼の脚にゆくと、彼はそう言いそえた。

「舞台に立っておられたの？」

「それは、もっと後の話なんです。ずいぶん、話があちこちにとびますね」

「よろしいのよ。わたし、あなたの声をきいているだけで……お名前、何とおっしゃるの」

「篠田です。名は綱男」

綱に男《おとこ》と、彼はていねいに字まで教えた。

「会社と自宅は、別にはなれていました。住まいの方は、あまり大きくはない二階建のしもた屋で、庭は殺風景なものでした。父は、庭をととのえる趣味はなかったんですね。死んだ先妻——姉の生母——が、元気だったころに植えた花や庭木が少し残っていましたっけ。前庭——といっても玄関前の狭いところですが——それと裏の庭との境の竹垣に、鉄線《てっせん》が蔓《つる》をからませていました。夏のはじめ、紫の六弁花を咲かせ、姉は、母親の形見とでも思うのか、よく手入れをしていました」

「きれいなお姉さまだったのね」

「私の目には、そう見えましたね。でも、今の方《かた》から見たら、どうなんでしょうね。

平凡な女だったのかもしれませんね」

「お姉さま、おなくなりになったの？」

女だった、と綱男は言ったのだ。過ぎたことを話すように。

〝お月さまをうつしているの？〟

首をふった姉は、綱男の方にむきなおった。小学校三年の綱男の目には、十歳年上の姉は、手のとどかぬところにいる大人であった。

〝見えるのよ〟と、姉は言った。

〝何が？〟

〝綱男ちゃんには、まだ……わからない〟

〝いじわる〟

〝いじわるで言っているんじゃないの。わたしの死んだお母さんが教えてくれたことなの。わたしは、すんなり、わかったわ。そうして、見えもするのだけれど、綱男ちゃんには、むり〟

〝教えてよ〟

〝わかるときがくれば、教えなくても、わかるわ〟

「姉は、けっしていじわるな人ではありませんでした。それどころか、私にはほんとにやさしかった。私の母は、下町気質《かたぎ》というか、ぽんぽんと威勢のいい方なのに、私は、気性は母には似ず」

「静かで」と、わたしは口をはさんでしまった。

「むしろ、お姉さまに似ていたのね」

「父も、無口とかおとなしいとかいう性質《たち》ではなくて、陽気に飲んだり騒いだりが好きな下町っ子なのです。私はどちらにも似なくて……。ただ、私は、姉にかまってほしくて、ずいぶんいたずらをしました。姉を困らせ、綱男ちゃん、とちょっと眉をひそめてたしなめられるのが嬉《うれ》しかった。たあいのないいたずらばかりでしたが。姉の下駄《げた》に小刀で模様を彫りこんだのは、いたずらではなく、好意のつもりでしたことでした。素木《しらき》の下駄の表に、姉の好きな鉄線の絵を彫りこもうと思ったのです。下手くそな彫り模様ですから、結果としては、姉のお気にいりの下駄をだいなしにしてしまったわけです。姉は、私の好意がわかったとみえ、叱りはしませんでした」

きみさんは、いびり殺されたも同然だよ。

そんな口さがない噂《うわさ》が、いつとなく、綱男の耳に入った。きみさん——綱男の父の先妻、姉の生母である。

綱男は、母にたずねた。

いびり殺されたって、どういうこと？

青痣《あおあざ》が残るほど、綱男の口のはしを母はつねりあげ、二度とそんなことを言ってはいけないと言った。

3

つねりあげられたとき、綱男は泣かなかったが、ひとりになってから、痛いのと口惜《くや》しいのとで、涙がにじんだ。

母の叱責は、どう考えても理不尽であり、酷《ひど》すぎるとしか彼には思えなかった。この痛さにみあうほどの悪を、彼はおかしてはいなかった。質問の底には、何の悪意もなかったのである。

禁じられた卑しい言葉を口にしてつねりあげられたことは、何度かあった。

叱られると承知の上で、なお、言ってみたい言葉は、たいがい、性にからんだものであった。

姉の母がいびり殺されたも同然というのは、どういうことなのか？

疑問を抱いて当然ではないか。

母にくってかかれば、いっそう痛い目にあうだけだということは、これまでの経験から、身にしみている。

彼は、縁先のすみで、ただ、めそめそしていた。心のなかには憤りがたぎっていたのだが。

夕方の食事の後だった。母は台所、父は帰宅していなかった。

姉が、素焼きの壺《つぼ》にいれた蚊遣《かや》りを持ってきて、沓《くつ》脱ぎ石の上においた。淡い煙が彼の脚にまつわりのぼった。

〝どうしたの。またおいたをして、お母さんに叱られたね？〟

彼は、姉になら、何を言い、何をしても許されると承知していた。母に言えないうっぷんを、彼は姉にむかって爆発させた。

姉の母のことを訊いたために、痛い目にあったのである。叱られたのは姉にも責任がある。

〝姉ちゃんが悪いんだ〟

小さい拳《こぶし》を、彼は姉の軀にしゃにむに打ちつけた。

〝まあ、お待ちよ。わたしが何をしたというの。悪かったらあやまるから、わけをお言いな〟

綱男の口調は、下町育ちのせいかひどく古風であった。話をききながら、わたしはそう感じた。

〝姉ちゃんのおっ母さんのことをきいたら、怒られたんだ。姉ちゃんのおっ母さんは、いびり殺されたって、どういうこと？　だれにいびり殺されたの〟

〝だれが綱男ちゃんにそんなこと教えたの〟

だれだか忘れた、と彼は言った。忘れてはいなかったけれど。

〝綱男ちゃん、哀しいことを忘れる方法を教えてあげようね〟

姉は、そう言った。そうして、いつも大切にしている木の桶を持ってきた。

〝水を汲《く》まなくてはね。綱男ちゃん、井戸をこいでおくれね〟

裏庭の隅の井戸は、手押しポンプである。綱男は把手《とって》を力いっぱい上げ下げした。最初はかるく動くが、そのうちに、重い手ごたえになって、布袋をつけた口から、清冽《せいれつ》な水がほとばしり出る。ほんの少し含まれている鉄気《かなけ》は、布袋にこしとられる。もとは白かった布は赤錆《あかさび》色になっていた。

桶に水をたたえ、姉は、庭の草むらにかがみこみ、前に桶をすえた。

〝お月さまがうつっているね〟

〝そうじゃないの。あのね、綱男ちゃん、前に訊かれたときは教えてあげなかったけれど……綱男ちゃんにはわからないと思ったから……〟

あのね、と姉はまた言いよどみ、

〝わたしのお母さんが話してくれたのよ。わたしが泣いていたとき〟

〝どうして泣いていたの？　口をつねられたの？〟

綱男がそう言うと、姉は少し笑って首をふった。

〝だれも、つねったりはしなかったわ。でも、つねられるより辛いことって、いろいろあるのよ〟

〝おやつをとりあげられたんだ。悪さをした罰に〟

姉は綱男を抱きしめ、すぐにはなした。

〝やっぱり、まだ、むりかしら〟

〝むりじゃない〟

と言って、彼は一つだけ姉を叩いた。痛みは与えない程度に。

〝だれかが、おまえのために祈ってくれているよ、って、お母さんはそう言ったの。そのとたんに、わたし、胸の奥がほうっと暖かくなってね、やわらかい涙が出たの〟

〝祈ってくれているって、だれが?〟

〝人間じゃないのよ、祈ってくれているだれかは。わかる?〟

〝わからない〟

綱男は少し興ざめして言った。

〝水にね、うつるのよ、その祈ってくれているだれかが〟

綱男にはいっそうわけのわからない、何か薄気味の悪い姉の言葉であった。

そんなことがあったのは、綱男が小学校の三年のころだが、齢をかさねるにつれ、彼は、姉の迷信じみた行為が気にいらなくなった。

彼の家は、一応、浄土真宗の寺の墓地に先祖の墓があり、法事には坊主を呼ぶが、茶の間の長押《なげし》には神棚が吊られ、台所には火除《ひよ》けのお札が貼ってあり、つまり、信仰心などだれも持ってはいないのだった。

姉も、宗教とはいっこう縁がないようにみえた。クリスチャンでもなければ、新興宗教に関係もしていない。それなのに、だれかが祈ってくれている、という迷信じみた考えに、姉は固執していた。

小学校の六年に綱男がなった夏の夜、姉は、また、庭に桶を据えてかがみこんでいた。

白地に藍《あい》であじさいを染め出した浴衣《ゆかた》を着ていた。

脊椎カリエスで寝たきりだったという姉の母親、きみは、父に冷たいあしらいを受けていたのかもしれない。きみが病床にあるときから、父は彼の母を囲いものにし、彼を産ませている。それだけでも、きみにとっては修羅場だったことだろう。いびり殺されたも同然というのが、具体的にどんなことだったのか、だれも彼に教えてくれないままだったけれど、たとえそれが噂にすぎなくても、そんな噂が生まれて不思議ではない状態だったのだ。

それゆえ、きみは、だれかが自分のために祈ってくれているだの、水にその影がうつるだの、奇妙なことを考えついて、それを唯一の救いとして、しがみつき、娘にもそんな迷信を吹きこんだのだ。彼はそう思った。

桶の水をのぞきこんでいる姉が、彼には、はがゆく苛《いら》だたしくてならなかった。しゃがみこんだ後ろ姿は、彼をはねつけているように感じられた。彼には了解不可能なところに姉は入りこみ、周囲に透明の堅牢《けんろう》な壁をめぐらしているふうだった。辛ければ、おれに打ち明けてくれればいいのだ。だれにも言わず、耐えている。

「姉はそのとき、報われない恋をしていたのだと思います」綱男は言った。

「妻子のある相手か、それとも、片想いか、そんなことだったのでしょう。私には、どう助力することもできない、姉の悲しみでした。それでも、姉が迷信のなかに逃げこむのが、私はいやでたまりませんでした。小学校の六年。そろそろ、小理屈の一つも言う、なまいき盛りに足を踏みいれていました」

彼は、姉の傍《そば》に歩み寄り、桶に手をかけた。

いきなり、桶をくつがえした。水は姉の足を濡《ぬ》らし、彼の足を濡らした。姉の顔から彼は目をそらしていた。

その後、彼は姉とあまり口をきかなくなった。

水なんか、いくらでも汲める。どうしても水をのぞいていたければ、また井戸水を汲めばいいのだ。そううそぶきながら、姉にとんでもないひどいことをしたのだといううしろめたさを拭いきれない。

姉を女として意識する齢にもなってきていた。

彼が中学に入った年、姉は寝ついた。きみと同じ結核性の病気だった。

「いまのようないい薬はありませんでしたから」

彼は、まだ母と二人で暮らしているころから、日舞と三味線を習わされていた。父の職業柄、身近な親しい世界ではあった。

父の家にうつってからも稽古はつづけていた。ごく幼いころ、歌舞伎の舞台に子役としてかり出されたことが何度かあった。

名門の子弟ではなし、役者に仕立てる気は父にも母にもなかったが、彼は舞台に惹《ひ》かれていた。

波乱に富んだ宇宙で、つかの間生きる、それが彼には魅惑的だった。彼が惹かれたのは、化粧をし衣裳《いしょう》をつけ、別の人格が彼をのっとる、そのおもしろさであった。踊りの温習会で、彼は、鷺娘《さぎむすめ》だの浅妻舟だのといった娘形をふりあてられた。相弟子は女の子が多かったが、彼の艶《あで》やかさは、女の子以上だとほめたたえられた。

中学を卒業する年、彼は、父と母に役者になると告げた。相談ではなかった。ゆるぎなく決めた結論を口にしただけだ。

父も母も、とりたてて反対はしなかった。しかし、役者として大成すると期待していないことも、察しがついた。大幹部の子弟でないかぎり、一生下積みの大部屋役者でおわると、父も母も先ゆきはわかっている。それなのにすんなり承知したのは、彼がいずれは足を洗い家業を継ぐと見越していたからだ。役者の経験を持つのは、小道具製作という仕事にマイナスにはならない、実際に小道具を舞台で使うことによって、後のち改良工夫をこころみるのに役立つと、父などはそう考えたようだ。

姉はそのころ病状が悪化していた。

彼は父の口ききで、ある名題役者のもとに弟子入りしたが、もちろん、すぐには舞台に立たせてはもらえない。師匠の身のまわりの世話をさせられるだけであった。姉が死んだとき、彼は出演中の師匠につきしたがっていたので、死にめにはあえなかった。

彼はそれを心残りとも思わなかった。病床についたきりの姉は、彼にとっては、生前から、半ば死者の世界の住人であるにひとしかった。

姉を忘れているわけではなかった。常に心のなかに姉はおり、その現身《うつそみ》が灰になったからといって、彼の姉との関わりはいっこう変りはしなかったのである。

十七の年、彼にささやかな役がついた。

「何という芝居だったか、おぼえていないのです」

綱男がそう言うのをきいて、初役なら、印象に残る舞台だろうに、とわたしは思った。

「水の入った桶を、下手から、上手にいる人のもとにはこんでゆく、それだけの役でした。たぶん、丁稚小僧《でっちこぞう》か何かで、客人が足をすすぐ水をはこぶといった役どころだったのですね。本水《ほんみず》など使わないのがふつうですが、そのときは、真実味をだすためですか、本当に水をたたえてはこんだのでした」

水に、舞台の上がうつっていた。はるかな高みがそのまま反転し、小さい桶のなかに底知れぬ深い空間があった。

そのとき、彼は、視《み》た。

「いいえ、何も、形あるものを見たわけではないのです。しかし、私は視ました」

「感じたのね」

わたしは小賢《こざか》しく言ったが、綱男は、

「視たのです」

と言いはった。

「姉でした。姉が、あの、高いところにいました」

綱男は吊物を巻きあげてある上方を指さした。

「この劇場《こや》でしたの？」

「ちがいます。何座でしたか……。でも、そんなことはどうでもいい。姉は」

祈っていたのですね、とわたしは心のなかで言った。

声には出さなかったのだが、綱男はうなずいた。

「姉のかつての言葉をはっきり理解できたのは、そのときです。恐ろしい感覚でした。ただ単に姉がいるというだけのことなら、別にどうということはないのです。姉が私のために祈っているということが、どうしようもなく怖かった」

「あなたのために、よかれと、祈っていてくださったのでしょう」

「たまりませんよ。よけいなお世話です。私は、そんなの、嫌いなんだ。目に見えるわけではないのに、姉がこう、がっくりと首を折って、手をあわせて、祈っていると視えるんです。宙空で。いやですよ。死んだら、のんびりと、からっぽになってりゃいいじゃないですか。それなのに……いやなのに、むやみに暖《あった》かいんです、姉が祈ってくれているということが。舞台の上で、足がすくんでしまいました」

わたしは何とあいづちを打ったものか、わからなかった。

「姉はいろいろ辛いことがあったようですから、自分のためにだれかが祈ってくれている、という考えは――考えというか、小むずかしく言えば宗教的な思想とでもいうのか――それは、たいそう救いになったのでしょうが、私は、姉みたいに苦しんではいなかったのですから。そりゃあ、役者として、どうあがいても大部屋以上にはなれないという口惜しさはあるわけですけれど、そのときは、切実に悩んでいたわけではないし、そんな姿、見せないでくれ、おれに知らさないでくれ、そう叫びたかったですよ、私は」

わたしは思わず、舞台の上方に目をやった。

「お姉さまは、今でもあそこに?」

「いいえ、私が死んだら、消えました」

そう綱男は言った。

「十三、四年、舞台をつとめましたかしら、端役ばかりでしたけれど、女形でした。腰元とか、仲居とか、そんな役ばかりでした。どこの劇場《こや》でも、私は、一度は水をたたえた桶に舞台の上をうつしてみるのが癖になりました。必ず、祈っている姉が視えました。姿は見えないのですけれど。これは気の重いことでした。それと同時に、嬉しい、心強い、という気持も少しずつ育ちはじめました。こんなことに頼るまいと、私は自分に腹をたてて、無視しようとするのですが、毎月の興行に、どうしても、一度は、水にうつしてしまうのです」

役者をやめなくてはならなくなったのは、このせいです、と、綱男は悪い方の脚をかるく叩いた。

「車の事故でね。つまらない怪我《けが》をしてしまいました。舞台には立てませんが、劇場を退《の》くのがいやで、大道具方の手伝いなんかしています」

「あなた、さっき、〝私が死んだら〟お姉さまは消えたって、おっしゃいませんでした？」

「ええ。……いつ、死んだんでしょうね、私。たしかに、死んでいるんですけれど」

「車の事故のとき？」

「たぶん、そうなんでしょうね」

「裏方さんたちは、あなたが死人だってこと、知らないの？」

「だれも、私に気がつかないようですよ」

「それじゃ、わたしも死んでいるのかしら」

「いいえ。あなた、大丈夫、生きています」

その言いかたがおかしくて、わたしは思わず声をたてて笑った。

「それじゃ、どうして、わたしにだけあなたが見えるの？　話もできるの？」

「あなたのために、私が祈っているからじゃないでしょうか」

綱男はそう言った。

「なぜ、わたしのために？」

少しぞくっとしながら、わたしは訊いた。

「芳右衛門丈とのインタビューに苦労しておられるでしょ。見かねたんですよね」

「ご親切」

「あそこでね」

と綱男は指を高い宙にむけた。

「祈ります」

「わたしより、もっと辛い思いをしている人は大勢いるでしょ、裏方さんや役者さんのなかに」

「そうですね。私、しじゅう、祈っているんです。だれのためということもなくね。でも、だれも私には気づきません」

「そう、あなた、死人なの」

わたしは理由《わけ》もなく溜息《ためいき》をついた。

「嫌いですか、祈られるの」

「わからないわ」

わたしは正直に答えた。

「でも、お祈りって、あまり効きめはないのね。お姉さまが祈っていてくださったのに、あなたは、何もいいことはないうちに、車の事故であっけなく死んじゃったんだし、わたしも、あなたの好意にもかかわらず、仕事、うまくいかないんだし」

「そんなものですよ」

綱男は言った。

「でも、いいじゃないですか」

「そうね、少しはあったかい気持になりますものね」

「気がむいたら、姉のように、夜、庭に出て、桶の水に空をうつしてごらんなさい」

「やってみるわ」

わたしは答えた。そこに視えるものは、綱男ではないのだろう。形の見えないもの、何かえたいの知れぬものが祈っている相《すがた》が視えたら、生きているのが苦しくなるにちがいない、と思いながら。

紅地獄

べにじごく

田島の車が走り去る音は、マンションの七階まではとどかない。田島は、車を降りもしなかった。助手席のドアを開けるわたしに、また電話するよ、と言ったが、おそらく、かけてはこないだろう。

厚い紋織《ジャカード》のカーテンを、少しあけて外をのぞく。窓のすぐ前を高速道路がとおっているので、防音はかなり念入りにつくられ、二重ガラスの窓を閉めていると、外の物音はほとんどつたわらない。

サイドボードからブランデーのびんとグラスを出し、ソファに軀《からだ》を投げ出した。ほどよい酔いは、わたしをたやすく『夢』のなかに連れこんでくれるだろう。

田島の軀も、わたしの夢の檻《おり》を打ち砕いてはくれなかった、と、高校時代はバスケットの選手だったという田島の長身を思い浮かべようとすると、それは、もう、筋肉の手ざわりさえおぼろで、わたしの軀は早くも、訪れる夢への期待でうるおいはじめている。

決して逃れられはしないのだ。それなら、無益なあがきはやめて、檻のなかで飼い殺しにされようではないか。と、わたしの心は決まりかけている。

グラスにブランデーを注ぎ、やわらかくふくらんだガラスの曲面にたなごころを添わせる。

いつごろからはじまった夢だったか。

夢……と呼べるのだろうか。

夢は、みるという。夢を聴《き》くとも、夢を嗅《か》ぐともいわない。非現実ではあるけれど、ある状況のなかを、生きるのである。夢のなかには、人間もいれば、景色もある。夢のなかでも人間は感情を持ち、泣き、笑い、憎み、愛する。

しかし、わたしの睡《ねむ》りのなかにあるのは、この上なく濃密な感覚だけなのだ。もっとはっきり言えば、性の悦《よろこ》びの極限の、あの陶酔感。それだけなのである。わたしを抱くものの姿はみえず、抱かれるわたしの軀もない。ただ、軀の奥深いところを奔《はし》る炎。猛々《たけだけ》しい鳥の羽搏《はばた》き。淫蕩《いんとう》のきわみの感覚。それだけが、わたしの睡りをみたす。

めざめても、しばらくは、残り火が身内をめぐり、わたしは陶酔からぬけ出して日常に戻るのが懶《ものう》い。

それは、最初、雛鳥《ひなどり》の和毛《にこげ》があるかないかの風にそよぐように、おずおずとつつましく、わたしに働きかけてきたのだった。それ、というのは、目にも見えず手に触れる形もないあの陶酔的な感覚のことだ。仔犬《こいぬ》のなめらかな舌の先が、まだつんと固い少女の乳首を舐《な》めるとき、少女の受ける性感。ほのぼのとした暖かみの底にひそむ、かすかな罪の意識。最初は、そんなふうな感触だったろうか。

ブランデーを口に含む。快い刺激がのどを流れるのを感じながら、――それをはじめて感じたのは、初潮のころだったろうか……と、思い返す。血の色をみたのは、十三の齢《とし》だった。いいえ、もっと早くから、わたしは識《し》っていた……。それをこそ、性の悦びと呼ぶのだと知らぬころから。性という言葉が、わたしの日常にまだなかったほどの早いころから。もちろん、五つ六つの童女のころからなどというつもりはない。九つ。あるいは、十。それから十四、五年のあいだに、それは力を増し、技巧を加え、わたしを翻弄するようになった。夜の夢は淫蕩な花の褥《しとね》であった。肉質の厚い葩《はなびら》は、幾重にもわたしを包みこむ。

突然、電話のベルが鳴った。田島のはずはない。また、電話するよ、と言って別れていったほかの男か。高野《たかの》、水谷《みずたに》……と、いくつかの名をとっさに思い浮かべ、わずらわしいなと、ちょっと眉をひそめて、受話器に手をのばした。

受話器をはずして耳にあて、わたしは無言で、むこうが話しかけてくるのを待った。ときどき、いたずら電話がかかってくることがあるからだ。深夜、退屈したばかな男が、でたらめな番号を廻《まわ》し、ざらざらした耳ざわりな言葉を浴せてくる。そんな相手に、ひとこともこちらの声をきかせたくはない。

「亜矢子《あやこ》嬢さんですね」

電話の声は言った。聞きおぼえのない女の声だ。わたしはとまどった。わたしの名はたしかに亜矢子だけれど、〝嬢さん〟と呼ばれていたのは、ずいぶん昔のことだ。父のところで働く職人たちは、みな、嬢さん、亜矢子嬢さん、と、呼んだっけ……。

「わたし、宰子《さいこ》です。梶井《かじい》宰子、と名前を言っても、おぼえておられないかしら。ホクロ姉《ねえ》ちゃん、と名乗ったら、思い出してくださいます?」

「ああ！　あの……」

わたしがあげた小さい叫びに、電話の声は、笑った。

「ずいぶんお久しぶりですけれど、わたしの方では、嬢さんのこと、いつも心にかけていたんですよ」

「………」

梶井宰子の顔を、どうにかわたしが思い出すことができるのは、当時——というのは、十五、六年前のことだが——うちにいた職人たち全員がうつっている写真が残っているからだ。といっても、ここ何年も、その写真を見なおしたことなどないのだけれど。三社祭に、職人たちが揃《そろ》いの祭り浴衣《ゆかた》でとった写真である。梶井宰子は生粋の下町っ子ではなく、東北の出身であった。言葉に東北独得のイントネーションがあったのを、かすかに思い出す。北の生まれにしては、漁師町の子のように色が浅黒かった、と、少しずつ記憶がよみがえる。右の眼の下に、泣きぼくろ、と可憐《かれん》な名で呼ぶにはいささか不似合な、目ざわりなほど大きい黒紫に盛りあがったほくろがあり、その表面にはこまかい毛が生えていた。

わたしが先に仇名《あだな》をつけたのか、宰子が自分から言いだしたのか、おぼえていないけれど、ホクロ姉ちゃんとお使いに行きましょう、とか、ホクロ姉ちゃんは、いま、とてもいそがしいの、とか、宰子はわたしに、そんなふうに言った。しかし、わたしがホクロ姉ちゃんと呼ぶのを耳にした父に、きびしく、わたしは叱られた。

ひとのいやがることを言ってはいけないというのである。宰子がホクロをいやがっているということは、わたしは知らなかった。

「突然ですけれど、ちょっとお目にかかりたいので、これからうかがいます」

そう言うと、わたしの返事も待たず、宰子は電話を切った。

わたしは少し腹を立てていた。

あまりに一方的で押しつけがましい。

夜の十一時を少しまわっている。よほど親しい間柄ならともかく、他人を訪問するのにはかなり常識をはずれた時間ではないだろうか。

もっとも、わたしは、世間の常識的な時間のサイクルは気にしない暮らしをしているし、宰子もそれを承知しているのかもしれないが。

宰子は、そのころうちに三人いた縫製係の一人だった。小道具製作場の、ミシンを二台と縫製台を置いた一隅で、三人の女職人は、金襴《きんらん》の懐剣袋だの、緋縮緬《ひぢりめん》の笠当だの、籠手《こて》の家地《いえじ》だの、信玄袋だの、兜《かぶと》の錣《しころ》や脛当《すねあて》の仕上げだの、小道具用の布製品の加工作業に余念がないのだった。

作業場は、広い板敷きの間と、幾つかの小部屋に分かれ、三十五人の職人が小道具の製作にたずさわっていた。この人数は、いまでもほとんど変わらない。切首だの、馬や虎、仏像、食べ物などの拵《こしら》え物を、縫いぐるみだの張りぼてだので作る小道具作り。鏡台や机、行灯《あんどん》、莨盆《たばこぼん》といった木地ものを作る指物師。鎧《よろい》の金具だの冠だの、金属製品いっさいを製作する飾り職。屏風《びょうぶ》、衝立《ついたて》、掛軸などの表具師。刀剣加工職。鎧師。絵師。竹細工師。塗り師。そうして、縫製。これらの専門の職人が、それぞれの誇りをもって、芝居に欠かせないあらゆる小道具を、工夫し、製作しているのである。これだけの人数ではまかないきれず、外注に出す仕事もあるし、舞扇だの、中啓《ちゅうけい》、草履、下駄《げた》、組紐《くみひも》、板金、彫金等々は、それぞれの業者に発注もする。しかし、すべての責任は、わたしの父にかかわっているのであった。江戸、安政のころからの伝統を持つ、芝居の小道具専門の製造と貸出しが、わたしの生家の家業であった。

母家《おもや》と作業場は渡り廊下で結ばれ、作業場につづいて、倉庫がある。倉庫のほとんどは、戦後建てられたものだが、明治の中期に造られた地上三階、地下一階の堅《けん》牢《ろう》な土蔵が一つ、未《いま》だに健在である。関東大震災、そして大空襲、二度の大火にあったにもかかわらず、中に収納された小道具は、無事であった。大空襲で一帯が焼け野原になったなかに、土蔵は、漆喰壁《しっくいかべ》は剝《は》げ落ちたものの、しっかり建っており、しかも、鉄扉を開けてみたところ、土蔵のなかは冷え冷えとして、紙一枚、いぶっていなかったそうだ。

土蔵におさめられたおびただしい小道具のなかには、明治期の名優が使用したものもあり、わたしも、誇らかなのだけれど、数多い役者の肌につけられ、手に持たれた小道具は、何か怖《おそ》ろしくもあった。

一振りの刀、一領の鎧には、製作した職人の想《おも》い、身につけた役者の想い、そうして、演じられた芝居の世界そのものの魔性の力、が溶けいっている。

わけても、わたしを怕《こわ》がらせたのは、切首であった。それらは、一つ一つ箱におさめられているから、むき出しに目につくものではなかったけれど、時に風をとおすことがある。

歌舞伎の舞台には、しばしば、生首が登場する。

駄首と上首の二種類があって、駄首の方は、いたって粗末なこっけいなものである。切首の形に縫った木綿の袋に詰物をし、目、鼻、口などを描いた縫いぐるみで、荒事などによく用いられる。

たとえば、『暫《しばらく》』という狂言があるが、鎌倉権五郎《かまくらごんごろう》が、柄頭《つかがしら》から鐺《こじり》まで二メートルあまりもある大太刀をひきぬいて居並ぶ悪人ばらの首をはねとばすと、舞台には、この駄首がごろごろところがる。『御摂勧進帳《ごひいきかんじんちょう》』では、弁慶《べんけい》が、斬った駄首を二、三十も大桶《おおおけ》に放りこみ、芋洗いをする。

おおらかな笑いを呼ぶ、誇張された殺戮《さつりく》である。この場合、なまなましい本物のような首では、舞台のたのしさはそこなわれてしまう。

一方、上首は、きわめて写実的で精巧にできている。役者の顔と生き写しに作られたものも多い。桐《きり》材を丸彫りにしたり、その丸彫りを型にして和紙を重ね張りにした張子《はりこ》で作りもする。

この上首が、ずらりと座敷に並べられたことがあった。何か雑誌の取材だったのだと思う。白髪を振り乱したおそろしい首があった。眉を寄せ唇をひきゆがめた、苦悶《くもん》の表情がなまなましく、白昼、家人たちのいるところだからよかったものの、薄暗い土蔵でこの首と対面したら、わたしは、一時的にせよ、気がおかしくなったかもしれない。明治期に、活人《いき》形師として有名だった安本亀八《やすもとかめはち》が、九代目市川団《いちかわだん》十郎《じゅうろう》を模して作ったものだという。こんな顔を写されて、その役者は平静でいられるものなのだろうか。

役者に似せた切首を作るときは、職人は一箇月近く毎日楽屋に通い、役者の顔を見ながら桐材を彫るのだそうだ。役者は、死のまぎわの表情を職人のためにしてみせてくれるわけではないから、職人は、その役者の、首はねられる瞬間、生から死に移行する微妙な、そうして凄惨《せいさん》な表情を、生身の役者の顔に重ねあわせて想像しながら作りあげるのだろう。

たとえ箱におさめられてあっても、わたしはその箱の並ぶ前を通るのが怕かった。箱のなかで、首たちは、決しておだやかに睡ってはいないと感じられるのだった。

この切首で、身が凍るという思いを味わったのは、わたしが九歳のときである。演《だ》しものは、泉《いずみ》鏡花《きょうか》の『天守物語』であった。わたしは母と並んで、客席で見ていた。

白鷺《しらさぎ》城天守五重をあらわした舞台正面の奥、鎧櫃《よろいびつ》の上に、みごとな獅子頭《ししがしら》が据えられてある。

「藤吉《とうきち》さんが彫っていたのは、あれなのね」

わたしは誇らかな気分になり、まわりの観客にきこえそうな声で、母にささやいた。

金色の眼、白銀の牙、萌黄《もえぎ》色の母衣《ほろ》をつけた巨大な青獅子の頭《かしら》は、うちの小道具師の藤吉さんが、檜《ひのき》材を彫って作りあげたもので、子供のわたしの目にも、すばらしい迫力をもっていると感じられた。

すでに芝居ははじまっていたので、母は無言でうなずき、ぽっとり丸みのあるくちびるに指をあてた。この、くちびると、絖《ぬめ》のように白い肌、そうして、広い額と間隔のはなれた大きい目は、わたしも母から受けついでいる。

母は、ふくよかな軀にゆったりと布をまといつかせたふうに、艶のある絹物の和服を着付け、帯はひっかけに近いくずしたお太鼓にむすんでいた。そのころのわたしは知らなかった言葉だけれど、たぶん、しどけないという形容があてはまるのだと思う。家を出るときはきちんと着ているのだが、肉づきがいいので暑いのか、半ば無意識に衿元《えりもと》をくつろげたりしているうちに、ぐずぐずになってしまうらしい。

桔梗《ききょう》、女郎花《おみなえし》、萩《はぎ》、葛《くず》、撫子《なでしこ》と、おのおの名にゆかりの衣裳《いしょう》の美しい侍女たちが、五色の絹糸を欄干《らんかん》から宙に垂らして秋草を釣っている開幕から、わたしはこの妖《あや》しの物語の世界にひきいれられ、やがて、天井高く通じる梯子《はしご》に水色の衣の裳《もすそ》がひるがえり、天守夫人富姫《とみひめ》が窈窕《ようちょう》と姿をあらわしたときには、現実の世界は消えはてていた。

猪苗代湖の城に棲《す》みつく亀姫《かめひめ》が、大空をわたって訪れてくる。その手土産《てみやげ》にと、亀姫の従者朱《しゅ》の盤坊《ばんぼう》が、抱え持った首桶から、男の生首を、もとどり摑《つか》んでとり出し、ずんと床に据えた。

この切首は、若い小道具職人、丈太郎《じょうたろう》が、大部屋の役者の一人をモデルに彫りあげたものであった。丈太郎は、獅子頭を作った藤吉の甥《おい》で、わたしより十一年長である。わたしがまだ物心つかぬうちから作業場に出入りしていたが、中学を卒業すると、正式に藤吉に弟子入りし、うちで小道具製作に従事するようになった。職人のなかでは一番年若といっても、幼いわたしの目から見れば一人前の大人なのだけれど、若いだけにだれより親しみやすく、丈太郎の方でもわたしをかわいがってくれていた。

この切首は、丈太郎の、初の大仕事であった。切首などの拵え物を専門とする小道具師は、藤吉を筆頭に七人いる。他の職種は、せいぜい二、三人で、外注も多い。拵え物の小道具は、うちの仕事の柱であった。先輩が六人もいるのに、切首をまかせられたのは、丈太郎の腕の確かさが、だれにも認められていたからだろう。この首を作るために、丈太郎は、一月《ひとつき》、劇場の大部屋に通ったそうだ。『妹背山《いもせやま》』の雛鳥《ひなどり》、久我之助《こがのすけ》とか、『五大力《ごだいりき》』の菊野《きくの》のような、大名題《おおなだい》役者をそのままに写した切首であれば、丈太郎にはまだ手のとどかぬ仕事であっただろう。

照明が絞られ、床に据えられた切首に、青白いスポットがあたった。

そのときである。わたしは、ほとんど失神しかけた。丈太郎が作った張子の切首が、青白い一条の光を浴び、うっすらと笑ったのである。くちびるの両はしがあがり、白い歯がわずかにのぞき、ライトを受けてきらりと一瞬光ったのを、わたしは、たしかに見た。わたしは母にしがみつき、母の胸に顔を伏せた。

「ほら、せっかくのお芝居を見ないのかい」

笑いを含んだ母の声に、ようやく目をあげた。首は、白布を敷いた床の上で、青白い瞼《まぶた》を閉じ、くちびるを無念そうにひき結び、丈太郎が作ったままの死顔であった。

やがて、天守夫人富姫がその首をとりあげ、獅子頭の前にそなえると、獅子はかっと口を開き、切首をのみこんだのであった。

チャイムが鳴った。念のために、わたしはドアフォーンの受話器をとり、

「どなた？」

と問いかけた。

「わたしです。梶井宰子です」

ドアをひきあけると、お入りなさいと言うまでもなく、中年の女が、するりと入りこみ、化粧タイルを貼った三和土《たたき》に立って、

「しばらくです」

と、丁寧に頭をさげた。鳥籠を包んだような風呂敷包みを小脇にかかえ持っている。

「まあ、いいところにお住まいですねえ。明るくて、上品で、こういうのが、亜矢子嬢さんのお趣味なんですか」

梶井宰子は、泣きぼくろの目立つ眼《め》で居間を入念に見わたした。

「下町生まれのお嬢さんの趣味とは思えませんですねえ」

「生まれが下町だからといって。宰子さんは飲むんだったかしら。それともお茶？コーヒー？」

「いえ、よろしいんですよ。おかまいなく」

と言いながら宰子はソファに腰を下ろし、風呂敷包みは大切そうに脇においた。

「でも、せっかくですから、何かアルコールの入ったの、いただきましょうかしら」

「これでいい？」

「ブランデー。まあ、もったいないような上等品ですね」

わたしは、新しいグラスを宰子のために出した。

久しぶりね、とか、なつかしいわ、とか、こういう場合の社交辞令を、わたしは口にする気になれない。いったい、何をしに来たのかと、警戒心の方が先に立つ。

「十……何年ぶりかしら」

「十五年ですよ」

きっぱりと、宰子は言い、グラスに手をのばした。

「十五年前に、お嬢さんのところ、やめさせていただきました」

「ああ、そうだっけ。結婚？」

宰子は四十近い齢にみえる。わたしが写真で見おぼえている宰子は、二十ぐらいだ。特徴のあるほくろがなかったら、道で会っても気がつかないだろう。しかし、次第に、写真の顔と目の前の顔が重なってくる。

「お嬢さん、きれいになられましたね。いえ、ちっちゃいときからべっぴんさんで、そりゃあかわいらしかったけれど、結婚なさったってきいたのに、お祝いもさしあげないで」

「いいのよ。もう、別れたんだし」

「そうだそうですね」

宰子は、ちょっともじもじした。

「一人は、気楽でいいわよ」

「そうですか。いま、何していらっしゃるんです」

保険の勧誘にでも来たのかしらと、わたしは思った。

「絵の勉強をしているわ。いずれは、父のところで舞台関係の絵師の仕事をまわしてもらおうかと」

別れた夫から受けとった慰藉料《いしゃりょう》と、父が遺産の生前贈与の形で多少まとまったものをくれたのとで、さしあたり経済的な不安はなく、知人のスナックを手伝って給料ももらっている。絵の勉強中で、いずれは舞台関係の絵師の仕事をというのは、わたしの心がけている生活設計ではあるけれど、このところ、ずいぶんおろそかになっている。あの夢のせいだ——と思う。ここ数年、夢は、烈《はげ》しさを増した。めざめているときも、どうかすると、夢の感覚を思い起こし、そのなかにいつしか浸りこんでいる。

夫だった男は、亜矢子は、いつまでたっても、だめなんだな、と言った。彼は芝居の関係者ではない、まったく堅気《かたぎ》の公務員だった。

父の知人の紹介で、短大を出るとすぐ、見合したのであった。

父の仕事は、経済的には報われないことが多い。そうして、芝居の関係の仕事とか、水商売などは、金銭の面ではたいそう不安定である。父は、わたしを、波風の立たないおだやかな入江で、過させたいと思ったらしい。家業の後継者は、わたしの上に兄がいるから、心配ないのだった。見合の相手は、職業は公務員だが親ゆずりの資産があった。

彼は、わたしの外観を気に入った。是非と、ほとんどその場でという感じで話が決まり、型どおりの式や披露宴となった。

わたしの軀は、現実の男を迎え入れるのは、はじめてだった。それは、索漠とした苦痛以外の何ものでもなかった。わたしはあまりにも濃厚な蜜《みつ》の感覚を、夢のなかですでに知りすぎていた。そうして、悦びがなくてもとりはずしてみせる娼婦《しょうふ》の技巧は、わたしには未知のものだった。わたしは、ただ棒のように軀を横たえ、拷問じみた時が終わるのを待つのだった。真の悦楽は、その後の睡りのなかに、来た。

結婚して二年めに、夫に女がいることを知ったが、しかたないのだと、わたしは思った。わたしは結婚の前から、すでに不倫を先取りしているのであった。夫の女の話が父の耳に入り、わたしが知らぬうちに父は興信所を使ってしらべあげ、その女とは、わたしと結婚する前からつきあっている報告を受けた。父は激怒し夫を責めた。夫は離婚したいと言った。わたしは一人になることができた。慰藉料を、わたしがもらうのは、筋ちがいなことであった。それなのに、父が弁護士とはからって決めた処置に逆らわなかったのは、夜の他人には話せぬ夢のことまで説明するのはいやだったし、夢は、わたしの昼の日常を無気力に懶惰《らんだ》にしていたからである。

それでも、夢におかされつくさぬよう、つとめてみてはいるのだ。絵師という目標をさだめたのも、その一つだし、男たちとつきあうようにしたのも、そのためだ。どの男も、ベッドでは、夫と大差なかった。男たちは、最初はわたしの外見にまどわされ、じきに索然とするのだった。

今日、田島と別れて、わたしは夢に抗《あらが》うのに疲れたと思った。あの甘美な檻の囚人となろう。現実を捨てよう。

「お嬢さんは、三社祭が好きでしたっけね。いまでもおいでになるんですか」

「いいえ、もう何年も行かないわ」

そう言いながら、わたしは、思い出した。夢が与えてくれる感覚は九つか十のとき、はじめて知ったのだけれど、その萌芽《ほうが》のようなものは、祭をみている五つ六つの幼いわたしのなかにあった、と。

神輿《みこし》をかつぐ男たち。鼻すじを白くたて、くちびるに紅《べに》をさし、汗にまみれ、放心した表情で、もみあい、練りあう男たちの感じているものが、幼いわたしの上に照りかえした。それはまだ無自覚な淡いものではあったけれど、夫や田島など、男たちとの直接の性の行為より、はるかに確実に、強固に、夢の恍惚《こうこつ》の系譜につらなる感覚であったのだ。

「ところで、亜矢子嬢さん、中井《なかい》丈太郎という小道具造りの職人をおぼえておいでですか」

あらたまった声で宰子に言われ、わたしは、何かぎくっとした。

ちょうどそのとき、わたしの眼裏《まなうら》には、丈太郎の姿が浮かんでいたのだ。片肌を脱ぎ、鉢巻をしめ、白粉《おしろい》と紅が顔の上で汗に溶けかけ、足が地を蹴り、宙を掻《か》き、神輿をかつぐというよりは互いにもたれかかるようになって、どこへ行こうとあなたまかせというふうに、だれもがもうろうとなっている男たち、そのなかの丈太郎の顔が、クローズアップされていた。

「おぼえているわ。あの人、やめちゃったのよ。腕はよかったのにね」

酒のにおいをむんむんさせて、汗みどろの丈太郎は、露店で買った綿あめをわたしの手に持たせてくれた。

「なぜ、やめたんですかね」

「それを知りたくて、わたしのところに来たの？　だったら、おかどちがいだわ。丈太郎さんがやめたの、わたしが九つか十のころなのよ。わたしは、よく知らないわ。噂《うわさ》はちょっときいたけれど」

「どんな噂なんです」

「人の悪口になるから、言いたくないわ。あら、宰子さん、何もきいていないの。

丈太郎さんがやめたころ、あなた、まだうちにいたんじゃなかったかしら」

将来を嘱望されていた丈太郎が、ふっと、姿をみせなくなった。

どうしたの、と訊《き》くわたしに、だれもが、やめたんですよ、としか答えてくれない。

どうしてやめたの。

さあ、どうしてですかね。

しかし、いつとはなく、だれからともなく、噂はわたしの耳にも入ってきた。

二つの噂があった。

一つは、丈太郎が大部屋の役者と何かたいそう悪い恥ずかしいことをしたというのである。そのころのわたしには、悪いこと、恥ずかしいことというのが何なのか、見当がつかなかった。

もう一つは、いっそう秘密めかしてささやかれた。丈太郎がわたしの母に何かいけないことをした、という。これも、話しあう人たちの、目くばせとか、眉をひそめた表情などから、わたしが漠然と感じとったので、何一つ明からさまに教えられはしなかった。

丈太郎と、海に行ったことがあった、と、脈絡もなく思い出す。わたしはまだ小学校の一年か二年だった。父や母や兄たちやお手伝いや、そのほか十人ほどで、葉山の海に遊びに行った。そのとき、丈太郎もいっしょだった。

丈太郎の肌はもともと、磨きをかけた赤樫《あかがし》の木肌のように、なめらかな褐色である。汐《しお》に濡《ぬ》れ、陽光を照りかえす雫《しずく》をしたたらせ、濃いまっすぐな眉のあいだに、まぶしそうなたて皺《じわ》をよせていたのを思い出す。

わたしを肩にのせて、丈太郎は水に踏み入り、浅瀬から沖にむかった。広い海原《うなばら》を高みから見下ろし、わたしは上機嫌だった。丈太郎の膝から腿《もも》、腰、腹と、水がのぼってくる。高まった波が丈太郎の胸のあたりでくずれると、しぶきはわたしの顔にかかった。わたしの両の足首は、丈太郎の手でがっしりと握られている。大きな波がくるたびに、丈太郎はわたしを肩にのせたまま、ふわりと波にのった。足を底の砂につけたままでいたら波をかぶってしまうほど深いところに来ていた。

水面は、丈太郎の顎《あご》までせりあがり、もう引き返そうよと、わたしは少し泣き声になったが、丈太郎は歩きつづけ、水はついに口を越え、鼻の下まできた。一つ大きく息を吸って、丈太郎は更に踏み出し、短く髪を刈った彼の頭は、水の下になった。わたしは歯をくいしばって涙をこぼしながら、わたしの足首をつかんでいる丈太郎への信頼はうすらがなかった。

そうして、彼は、まもなく、ざあっと水をわけて顔を出し、岸の方へ向きをかえた。わたしは、ほっとして、足をぴょんぴょん蹴りあげてはしゃいだ。

ずいぶん怖かった。でも、その恐ろしさは、丈太郎の作った張子の首が、スポットライトを浴びて笑ったときの、凍りつくような恐ろしさにくらべたら、何とも他愛《たわい》ないものだった。丈太郎はわたしをからかって水にもぐっただけのことだったのだから。

「亜矢子嬢さん、わたし、ちょっとおききしたいことがあるのですよ」

飲み干したグラスに、自分でブランデーを注いでから、宰子は坐《すわ》り直すようにして言った。

「何かしら」

「丈太郎がお宅をやめる少し前でした。嬢さん、丈太郎に何かされたと言って、ひどく泣き騒いだことがありましたっけね」

「丈太郎に何かされた？　いいえ。そんなことはないわ」

ひどく泣き騒いだ、ということには、心あたりがあった。わたしは、思い出した。『天守物語』の切首に怯《おび》えきって家に帰ってきたときだ。わたしは、母家と作業場をつなぐ渡り廊下で、丈太郎と行き会った。渡り廊下にほかの者はだれもいなくて、二人だけだった。

わたしは、顔色をかえて立ちすくんだのだと思う。

亜矢子嬢さん、と、丈太郎は、怯えたわたしをなだめるつもりだったのだろう、わたしの肩に手をかけた。悲鳴が、わたしののどを噴き上げた。母家からも作業場からも、人が走り寄ってきた。

わたしは、そのことを、宰子に話した。

「そのときは、何があったのだとたずねられても、わたしは説明できなかった。ただ、怖かったのよ。切首が笑うのを見てきたばかりのところでしょう。あんな首を作った丈太郎さんまでが、妖しい力を持った人のように思えて、もう、怖かった。でも、張子の首が笑ったなんて言ったら、わたしの頭がおかしいと思われてしまう、そのくらいの分別はあったのね」

「切首が、笑ったんですか」

「ええ。本当に笑ったの。ずっとあとになって、簡単な手品だったんだと、察しがついたけれど」

芝居の小道具には、さまざまなからくりがほどこされていることを、もちろん、わたしはあのころすでに承知していた。昔から伝えられた工夫もあるし、それに加えて、父も職人たちも、たえず新しい工夫をこらしていた。新作の芝居を出すときは、ことに新しい仕掛けが必要だった。

古いものでいえば、黙阿弥《もくあみ》の『扇音々大岡政談《おうぎびょうしおおおかせいだん》』の三幕目、常楽院の場では、進物台にのせられた鯉《こい》が、尾をはね上げ、身をそらせ、活《い》きのいい動きをみせる。新作――といっても、明治のころのものだけれど、岡本綺堂《おかもときどう》の『両国の秋』では、蛇使いの女が箱をたたくと、青い蛇が穴から頭を出し、酒をなめてひっこむ。もう一度たたくと、別の穴から黒蛇が頭を出す。というような仕掛け物が考案されている。

丈太郎の切首は、首そのものには、何の仕掛けもない。わたしがもう少し齢がいっていれば、切首と本首――本物の人間の首――が、いっときいれかわっていたのだと、簡単に見抜いたことだろう。

朱の盤坊は、切首を床に置くとき、客席に背をむけるのである。置く場所には、白布で客の目をたぶらかしているけれど、切穴が口をあけている。置くとみせて、切穴の下で待っている後見の手にわたす。そのとき、すかさず、死相の化粧をした役者が切穴から首を出す。もう一度、富姫が首を抱えあげるとき、逆の手順がくりかえされる。これだけの、単純な手品なのであった。

丈太郎が精魂こめて作った切首は、朱の盤坊が首桶からとり出し、富姫に、お目にかける——同時に、観客に、作りものの首であることを確認させる——ときと、富姫が抱えあげて獅子に供えるとき、この、短い時間にだけ用いられ、床に据えられてある長い時間は、生身の役者が顔を見せていたのである。

後に、わたしは『天守物語』の再演を見て、そのとき、推察したとおりの手品であることを確認した。

そうとからくりがわかれば、怯えきった自分の稚《おさな》さがほほえましいほどだ。しかし、作りものの首が薄闇のなかで微笑したという印象は、消えなかった。丈太郎が身近にいれば、こんなことがあったのよと話し、二人で笑い話にもしただろうが、丈太郎は、とうにうちの仕事をやめ、消息が知れなくなっていた。

「首が笑った、だからそれを作った丈太郎までが、妖しく恐ろしく思えて、渡り廊下で行き会ったとき、嬢さんは悲鳴をあげたんですね」

「そうなのよ。丈太郎さんに悪いことしちゃったわ。驚いたでしょうね。出会い頭に、きゃあッ、ですものね。いつもかわいがっていた女の子が」

「でも、悲鳴をあげた理由を、だれにも言わなかったんですね」

「言えやしないわ。だれも信じてはくれないもの。頭がおかしいと思われちゃうわ」

切首のかわりをつとめたのは、丈太郎がモデルにした例の大部屋の役者であった。丈太郎と悪い噂のたった男である。わたしも、少し大きくなってからは、〝悪い恥ずかしいこと〟の意味が、わかっていた。その役者に会ったのは、見合の後、結婚の話が決まってからである。その噂が、わたしは、ずいぶん気がかりだったらしい。自分で意識する以上に、丈太郎のことをわたしは気にかけていたようだ。

素人《しろうと》の踊りの温習会の、顔つくりと衣裳の着付の手伝いに、その役者はかりだされていた。大部屋役者のいいアルバイトである。

楽屋はごったがえしていた。素人のお嬢さんたちの顔に、手早く白粉をぬり紅をさし、お七やお光をこしらえてやっている。ようやく手がすいたときに、わたしは話しかけた。

『天守物語』の首の役は、よくおぼえていると、その男は言った。うっすらと笑う場面は、大部屋役者の彼の、ひとり舞台であった。

あの場面を成功させるためには、作り物の首と役者がすりかわったことを、あの瞬間まで観客に悟らせてはならない。切首は、役者と生き写しに作られねばならないのだった。丈太郎は、毎日熱心に彼の出ている劇場の楽屋《がくや》にかよって、彼の顔をうつしとろうとつとめた。

あたしも、ちょっと妙な気分になりました。そう、役者は言った。強い関心を持つことは、愛することと、紙一重である。妙な気分と役者が言ったのは、そのことを指したのだろう。だが、それ以上のことはなかったようだ。正確なところはわたしにはわからなかった。つっこんできける話でもなかった。

「嬢さん、なぜ、悲鳴をあげたのは、首のことが怖かったからだと、一言、言ってやってくださらなかったんですか」

辛子は、わたしに強い眼をむけた。

「だって……」

「丈太郎はね、嬢さんに……いたずらをしかけたと誤解されて……そういうことで、おたくを辞《や》めさせられたんです、くびになったんですよ」

「そんな……。とんでもない話だわ」

「旦那さんがたも、そう思いこんじまったんです。嬢さんは、丈兄ちゃんが……というだけで、あとは何も言いなさらなかった。ただ、怯えて泣いていなさったでしよ。そんなふうに疑われてもしかたのない状況だったんです」

「冗談じゃないわ。丈太郎さんは、どうして、はっきり釈明しなかったの。濡れ衣《ぎぬ》だって」

「丈太郎は……身におぼえがあったんです。あのとき、渡り廊下のむこうから歩いてくる嬢さんが、そりゃあかわいらしく、きれいに……言いようもなくきれいに、見えたんだそうです。抱きしめて、くちづけしたい。そう思ったとき、嬢さんが泣きだした。心のうちを嬢さんに見抜かれた。そう直感したそうです。あとで旦那さんに問いつめられたとき、丈太郎は、そのことがあるから、いっさい抗弁しなかった」

丈太郎はね、と宰子はつづけた。

「嬢さんをほんとに……好きだったんです。あの……女としてね。でも、人がきいたら、まともにとってくれやしませんよね。嬢さんはあのとき、九つだったのだから。でも、九つでも、女は……女ですよね。わたしは、丈太郎を好きでした。心底惚《ほ》れていました。わたしの方が少し年上でしたけれど。丈太郎がくびになったので、わたしも仕事をやめました。丈太郎は、おかしなことを思いついてね。能面というのは、角度によって表情がかわるのだそうですね。それを、丈太郎は、切首でできないかと考えたんですよ。『天守物語』で、苦労して作った切首は、ほんのわずかしか使われず、本物の役者に、山はさらわれている。そのことから思いついたんだそうです。角度と照明の変化で、首の表情をがらりと変えられないかと。

ええ、わたしが、食べさせてやっていたんです。この十五年のあいだ。あいつは……その首を作りあげたら、それを土産に、旦那さんに詫《わ》びをいれて、もう一度小道具の仕事に戻りたいと言い暮らしていた。でも、新しい工夫の首を作るより、あいつは、もっと違うことに溺れこんで、だめになってしまったんです。もう、人間の屑《くず》……。どうしようもない……。わたしは、やりきれなくなって……ずいぶん辛抱もしてきたけれど……。惚れているんですもの、あいつに……。とうとう、ついさっき、あいつの首を絞めたんです。それから、わたしも首をくくりました。でも、これを嬢さんにお渡ししようと思って。丈太郎が作ったのです」

宰子は、かたわらにおいてある風呂敷包みを持ち上げ、わたしに手渡した。

わたしは、包みをといた。首桶があらわれた。蓋《ふた》を開け、なかの首をとり出す。

わたしの首であった。桐材の丸彫りに、着色してある。童女の首だが、年齢を越えた女の表情をしている。眼を閉じているけれど、死首とは思えない。かすかに眉根をひそめ、くちびるはほんの少し開いている。

「あいつが作ったんです。自分で作ったこれに、あいつは、溺れこんだ。あいつは、毎夜、これを抱き、わたしをめったに寄せつけてはくれなかった。それでも、わたしは、今夜は抱いてくれるか、今夜は……と……」

きれいに色を塗った首の、くちびるだけが、紅が剝げ落ち、木の生地があらわれていた。わたしは、夜ごと訪れてくる夢魔がだれであったのか、知った。十五年、丈太郎は、この、くちびるを、紅の色をとどめぬまでに……。

丈太郎を絞殺したと、宰子は告白した。

悪あがきはやめ、夢魔の甘美な檻の囚人になろうと、わたしは心を決めたばかりだったのに、その檻は、もう、ないのだ。

ああ、丈太郎の首を作ろう、と、わたしは思いついた。生き写しの首を作り、そのくちびるに紅をさそう。今の丈太郎の顔は知らない。わたしの眼裏にきざみつけられているのは、紅白粉が汗でどろどろになった、三社祭の日の丈太郎。強い陽を浴びながら、わたしを肩にのせ沖にむかう丈太郎。くちびるの紅は、わたしを、どこかに導いてくれるはずだ。

桔梗合戦

ききょうがっせん

1

薄墨を浴びたように障子が昏《くら》み、雨音が続いた。

通り雨だろう。庭の八つ手の葉を、雨太鼓のように叩《たた》いて痴走《はし》る。

手筐《てばこ》の中の櫛《くし》は、あたりが翳《かげ》ると、逆に、螺鈿《らでん》の青貝を煌《きら》めかせた。しかし、それは一瞬で、筐の底の闇にたちまち溶け入った。

母がなぜ、このような飾り櫛を持っていたのか、不思議な気がした。

櫛が母の持物としてふさわしくないという意味ではない。母は地味な和服をよく着ていたし、夏でも浴衣《ゆかた》に細帯という風を好んだ。大ぶりな飾り櫛を挿すような古風な髪型は、さすがにしていなかったけれど、愛蔵していてもおかしくはない品だった。黒漆《くろうるし》の地に切り嵌《は》められた螺鈿の意匠は、桔梗《ききょう》である。

わたしが奇妙に思ったのは、その櫛が、真二つに割れた片われであったことだ。

しかも、それは、ふちが焼け焦げていた。

火中にあったために、二つに割れたのだろうか。

櫛が折れるのは、鏡が割れるのと同様、忌まわしい不吉なしるしとされている筈《はず》である。

火の痕《あと》をとどめた半欠けの櫛は、さまざまな想像を呼び起こした。

若い女の子なら誰でも思いつくような陳腐な物語を、わたしも先《ま》ず思い浮かべていた。櫛は、愛している人からの贈り物であった。その人に裏切られたので、叩き割り、火中に投じた。しかし、思い直して一片を拾い上げ、手もとにおくことにした……というような物語を。

相手はわたしの父にあたる人だったということも、考えてみた。父親というものは、あまり情緒的であっては、こちらが気恥ずかしくなる。別れるときに一つの櫛を二人で半分ずつわけ持ったなどという甘ったるい話は願い下げだ。

わたしは母の私生児で、父親の名は戸籍に無い。

小学校の六年のころだったと思う、シェイクスピアの戯曲を読んでいて、バスタードという言葉にゆきあたった。私生児と書いて、バスタードとルビがふってあったのだった。わたしは、この言葉がたいそう気に入った。何か荒ら荒らしくて、しかも居直った軽みを、この言葉から感じとったのである。西欧人をまねて、わたしは、バスタードをわたしのミドル・ネームにすることにした。野川《のがわ》・バスタード・みずほ。学校の試験の答案などには、野川Bみずほと書いた。教師に、Bの意味をきかれたが、教えなかった。親しい友だちにだけ話すと、かっこいい名前だと、友だちは少し羨《うらや》ましそうにした。

高校のころは、子供のときのように無邪気な気持でBをつけられなくなった。習慣で野川Bみずほと書きながら、少しこだわりがあった。いささか、つっぱって、わたしはBと書き入れていた。

母が急死したのは、わたしが高校を卒業して三年経《た》った四月の末である。初七日を過ぎ、遺品の整理をしているとき、わたしはその櫛をみつけた。

2

「満月だな」

林《はやし》のひとり言につられ、わたしも窓に目を向けた。

窓ぎわのテーブルに、わたしと林は向かいあっていた。グラスに蠟《ろう》をみたしたキヤンドルの灯影《ほかげ》が、窓ガラスに昏くうつっている。わたしと林の顔も、遠い彼方《かなた》からようやく辿《たど》りついた幽体とでもいいたいような昏い影を、ガラスの向こうの闇にぼんやりと浮かばせていた。

高層ホテルの最上階のレストランに、林はわたしを招《よ》んでくれたのである。

初対面の林は、品のいい初老の男で、こういう場所に馴《な》れきっているようだった。

灰色の紗《しゃ》を透したような奇妙に鈍い色の月に、わたしは目を投げ、ヴィシソワーズの冷たい感触を舌の上にたのしむ。林は熱いポタージュを選んだ。

晩《おそ》い春、あるいは夏のはじまり、どちらともいえる季節である。冷たいのと熱いのと、二人の正反対のスープが、それをあらわしている。

乳白色のとろりとしたヴィシソワーズをみたしたスプーンを口にはこびかけ、わたしは、茫然《ぼうぜん》とした。

月が、消えたのである。突然、かき消すように、という表現がぴったりあてはまる消失であった。

雲にかくれたのではない。はっきり見えていたものが、一瞬に、消滅した。

ほんの瞬間、わたしはたしかに、月から目をそらせた。ヴィシソワーズをスプーンですくう動作をするとき、目がテーブルに向いた。目をあげたら、月が無かったのだ。

けげんそうに、林がわたしを見た。よほどおかしな表情を、わたしはしたのだろう。

「あの……」と言いかけたとき、月は、ぽっかりと灰色の姿を見せた。

わたしは少し軀《からだ》をねじった。満月は、そこにもあった。いかにも満月らしい鮮やかな色の月であった。

視界の右端と左端に並んだ二つの月を、わたしは眺めた。

「ドッペルゲンゲルだわ」

「え?」

「月のドッペルゲンゲル。満月が二つ見えます」

わたしがそう言うと、林は少し表情を変え、怯《おび》えとも疑いともつかぬものがたゆたう眼で、探るようにわたしを見た。

「ほら、そっちとこっちと、二つ出ているでしょ」

窓の方に軀を向け、右、左、と確認して、林は苦笑した。

もちろん、わたしも気づいていた。

窓は五十センチほど張りだした出窓で、二メートルおきぐらいにガラスの袖板が立っている。その袖板が鏡の役をして、わたしに錯覚を起こさせたのだ。眼《め》の位置がわずかにずれると、月はうつらない。

「ミステリーに使えそうですね」

わたしは言った。

「うつっている方の偽の月を背景に、写真をとるのよ。月の位置が東と西と逆になっているでしょ。時間のアリバイができるわ」

「ミステリーが好きなの？」

「べつに」

母の死を知らずに、林は電話をかけてきたのだった。

「もしもし」と応じたわたしに、相手は、

「来週の金曜」と、いきなり言った。それだけで話は通じる、と思いこんでいるように。

「え？」

「来週の金曜。都合が悪い？」

「どちらにおかけですか」

「あ、失礼」相手はとまどったように口ごもり、「恵子《けいこ》……では、ない？　野川さんのお宅では」

「野川です」

「それじゃ……娘さん？」

「そうです」

「失敬した。お母さんは」

「死にました」

　相手は絶句した。

「それは、どうも」

　間の抜けた挨拶をようやく口にし、

「いつ？」

「先月の末です」

「知らなかったな。何で……」

死因を訊《たず》ねているのだとわかったが、意地悪く黙っていた。母の死因は、わたしにもわからないのだ。夜のうちに心臓が停止した。疲れて動くのが厭《いや》になったとでもいうように。それだけだ。

母が男の援助を受けていることは、気がついていた。それも、一人ではないということも。

わたしを母とまちがえたときの親しげな口調から、相手がそのなかの一人らしいと察しがついた。

「自動車事故か何か？」

「あなたは、どなたですか」

「いや、失礼。お母さんの知り合いのものなんだが。お宅に、弔問にうかがってもいいですか」

「よくありません」

英語なら、ノウ、と簡潔に言えるのにな、とわたしは思った。

「そう……」

一呼吸おいて、

「なぜ？」と相手は問いかえした。

「人に家に来られるのは嫌いなんです」

「みずほちゃんだね」

狎《な》れ狎れしく、相手はわたしの名を呼んだ。

「あなたは、小島さんですか、佐川さんですか、林さんですか」

母のパトロンたちの、名前だけは、わたしは知っていた。彼らが、自分だけが母の相手と思いこんでいるのか、複数のなかの一人であることを承知しているのか、それは、わたしは知らなかったが。

弔問を拒むと、相手は、どこかで会いたいと言った。

「来週の金曜日ですか」

わたしの皮肉を相手は無視し、

「いつでも。夕方なら」

と、平静に答えたのだった。

「月が二つ見えたとき、みずほちゃん、どう思った？」

「どうって？」

「あり得ない事が起きたわけだろ」

「すぐに、一つは影だ、鏡像だと、わかりましたよ」

わたしは、少し馬鹿らしくなって、そっけなく答えた。いつまでもこだわっているような重大事ではない。

「色が違うんですもの」

「月のドッペルゲンゲル、なんて言うから」

ボーイがスープを下げ、魚料理の皿を置いた。伊勢海老のコキールである。

「ドッペルゲンゲルって、本当にあると思うかい」

わたしは、唇のはしをちょっと上げるだけで答のかわりにした。まともに相手をするのはかったるい小父さんだ。おいしいものを食べている間は話しかけないでほしい、と思う。

ドッペルゲンゲルとか超常現象などというものは、映画や物語の材料として扱ってあるのは嫌いではないけれど、スーツにネクタイ、常識と良識のかたまりみたいな小父さまが、無理して話題にのせることはない。

コキールは熱くて舌を焼きかけた。

「みずほちゃんは、芝居に関係しているんだってね」

血だね、と、林は呟《つぶや》くように言い添えた。

唇が動いただけのような、かすかな言葉だったが、それはわたしの耳にひっかかった。

わたしの知っている母は、何も、していなかった。

小学生のころを思い返してみると、そのころは、祖母が同居していた。母の、実の母親である。学校から帰ってくると母が留守のことは時々あったが、祖母がいるのでわたしは淋しい思いはしなかった。

働いて収入を得ている人がいないのに生活が成り立っているのを、幼かったわたしは別に不審にも思わなかったが、学校の社会科の時間に、お父さんの仕事をしらべてきなさいと宿題を出されたときは、少し困った。

〝うちは、なくなったおじいちゃんがたんとお金や財産を残していったから、誰も働かんでええの。〟

祖母はそうわたしに言った。

祖父が死んだのはわたしが三つのときなので、写真でしか顔は知らない。後に知ったところでは、何か事業に投機して一代で財産を築いた人らしかった。

〝そんな宿題はやらんでもええ。〟と祖母は言った。〝おばあちゃんが、先生に話したるきに。〟

叱られるのではないかとわたしは少し憂鬱《ゆううつ》になったが、宿題を提出しないわたしを、教師は咎《とが》めなかった。

五年生の夏休み、祖母も他界した。

広すぎる家に、わたしは母と二人暮らしになった。

母は、わたしが学校から帰ると、いつも、家にいた。もっとも、小学校のときと違い、わたしの帰宅時間はずいぶん遅くなったから、母にはわたしに束縛されない時間は充分にあったはずだ。

わたしと母は、あまり話をかわすことはなかった。母は、わたしの知るかぎりではたいそう無口で、ひっそりしていた。しかし、わたしに充分に愛情を注いではくれた。わたしは、何かに不足を感じるということはなくて過せた。物質的にも精神的にも。欠乏しているのは、〝会話〟だったろうか。それでも、わたしが話をすれば、耳をかたむけ、きちんと聴いてくれた。積極的に意見をのべることはなかったけれど。

わたしも、母との会話や触れあいを、それほど必要としていなかった。外に興味の対象がたっぷりあったから。母が口うるさく干渉しないのが、むしろ好ましかった。

母は、家にいてくれれば、それで充分であった。玄関を開けて、ただいま、と家の中に向かって声をあげる。お帰り。もの静かな声が答える。それで、わたしは満足した。まれに、外出していた母の帰宅が間にあわず、戸の鍵が閉まっており、念のために持たされている合鍵を使わなくてはならないときは、何だか、ひどく意地の悪い仕打ちを受けたような気がして、誰もいないとわかっている家の奥に、ただいま、と、やけみたいに大きな声をはりあげたりした。母がいない茶の間は妙にがらんとして、薄暗い翳の中にあるように感じた。

少し遅れて帰って来た母は、わたしにあやまるでもなく、ひっそりと夕餉《ゆうげ》の仕度にかかるのだった。

口数の少ない、何か影めいた母になじんでいたわたしは、よその母親たちを何と騒々しいのだろうと思った。しかし、次第に、わたしの母が特殊に静かすぎるのではないか、とも思うようになった。

母にわたしの知らない生活があると気づいたのは、中学二年の秋だった。颱風《たいふう》が近づいており、昼ごろから風や雨の気配がただならなくなった。午后の授業はカットされ、わたしたちは、早いうちに帰宅させられた。蒼黒い空は緊張して膨れあがり、亀裂を走らせ、雨を降り注いだ。家々は風をはらんで歪み、のび上がり、なびいた。街路樹は、絶望した女のように梢《こずえ》を天に向けて振りまわし、叫びつづけていた。風に叩かれ雨に煽《あお》られるのがたのしくて、わたしは半ば躍るようにして走った。足はときどき宙に浮いた。わたしは地面から数センチ上を滑走した。

母は、いなかった。風と雨に誘われ、母は外に躍り出したのだ。わたしは一瞬、そんなふうに感じた。

茶の間で、わたしはしばらく母を待った。それから二階の自分の部屋に行き、読みかけの本をひろげた。窓は歯ぎしりし、その向こうで空はたわんだり膨れたりを繰り返した。

風の叫びとは異質の甲高《かんだか》い音を、わたしの耳はかすかに捉《とら》えた。一定のリズムを

持って断続するその音が、階下の電話のベルだと、ようやく気づいた。階段を下り、母からだろうと思って受話器をとると、

「無事に帰れたのか、よかった」

聞きなれぬ男の声が、耳を打った。

「どなたですか」

「え、＊＊じゃなかったのか。失礼」

うろたえたように、電話は切れた。

＊＊と言った相手の言葉が、はっきり聞きとれなかったが、母の名を言ったように思えた。

少し間をおいて、又、ベルが鳴った。

今度は相手は用心深く、

「野川さんですか」と訊《き》いた。

「はい」

「恵《けい》さんか？」

母の名も、明瞭に聞きとれた。

わたしはちょっと迷い、

「ええ」と答えた。

迷ったのは、「ええ」と言おうか、「はい」と言おうか、とっさに決めかねたからである。男の親しげな口調から、「ええ」の方がふさわしいと判断した。

「車は拾えたか。よかった。ちょっと心配になったので、電話してみた」

「どうもありがとう」

この返答は、あまり適切ではなかったようだ。短い沈黙が続いた。その空白の間に、向こうの心に湧いたさまざまな疑惑が、伝わってくるような気がした。

「恵子だね」

向こうは、確かめた。

「ええ」

「本当に恵子か」

「ええ」

再び無言、そうして、電話は切れた。

まちがったところに繋《つな》がり、相手にからかわれた、と思ったのだろうか。それとも、娘、と気づいたのだろうか。

娘かもしれないと思いながら、それを確かめもせず切ったのであれば、向こうのうしろめたさをあらわしている。

母は、あの男と会い、そうして、別々に帰ることにしたのだろう。車が拾えたか、無事に帰り着けたかと、相手は心配している。

その口調は、ずいぶん親しげだった。恵さんと呼び、恵子、と呼び捨てにもしていた。

祖母の死後、親戚づきあいはあまりないのだが、母の伯父、というような人であれば、わたしが電話に出たと気づくはずだ。そうして、みずほかい、と確かめるだろう。

しのび逢《あ》い。秘密のデート。そう、わたしは直感した。しかし、打ち消しもした。

娘の前では、母親というものは、女の部分をめったに見せない。

わたしはそのころ、気のおけない男の子の友だちは何人もいたけれど、男と女の妖しい芳醇《ほうじゅん》な関わりとはほど遠かった。

別れて嵐の中を帰った相手に、車は拾えたか、無事に帰り着いたか、と電話をかけてくる男の甘いやさしさが、わたしには何だかくすぐったく、多少の悪意のこもったいたずら心をかりたてられもした。男のやさしさは、母が男にみせる甘え、媚《こ》び、そういうものの照り返し、とわたしには感じられたのである。

茶の間の押入れの中段に、母が小物を入れている小《こ》抽斗《ひきだし》がおいてある。鍵はかかっていなかった。

鍵付きの抽斗に入っているのは銀行の通帳や証券会社の預かり証といったものだったので、わたしは二番めの抽斗の点検にかかった。

一ページめにカレンダーのついたノートが無造作に入っていた。ノートは一字も書いてなくて白紙のままだが、カレンダーの日付の下に、K 1:00とか、S 11:00とか、ところどころに記されていた。ローマ字は、K、S、Hの三種類だけなので、場所かあるいは人名のイニシャルだろうと推察した。数字は、時刻を示しているのに違いない。さっきの電話の男と、K、S、H、とそれぞれイニシャルを持つ場所で逢う心おぼえか、それとも三人の別々の男をあらわすのか、そのときはまだ、わからなかった。

K、S、H、が三人の男だと知ったのは、しばらくして、また似たような事があったからである。わたしは、高校生になっていた。

前に聞いた声をはっきりと憶《おぼ》えていたわけではない。しかし、違う、と感じた。

その日、わたしはどういう事情で学校を休み家にいたのか、憶えていない。軽い風邪か何かだったのだろうか。何かと口実をもうけてはわたしは学校を休みたがったから。

母は近所に買物にでも出ていたのだったろうか。

明後日はつごうが悪くなった。あらためて連絡する、と相手は言った。

どなたですか、と問い返すと、相手は驚いたように、恵子……ではないのか、と言った。娘です。わたしは、はっきり言った。相手はしどろもどろに何か言い、切った。

男の人から電話があったわ。

そう。母の声は平静だった。

用件を、わたしはつたえた。

佐川さんね。母は言った。

佐川さんて、誰？

わたしは、母の領域に一歩踏み込むように訊いた。

わたしのパトロンよ。淡々と、母は告げた。

開き直ったとか、挑むとか、そういうふうではなかった。

ふつう、母親はそういうことを娘に知られたがらないものだと思う。母は、あまりに無防備だった。わたしが一人で家にいるときに男から電話がかかってくる事態は、決して、あり得ないことではない。その予防策を、まったく講じていなかった。知られても、いっこうかまわないと思っていたのだろうか。


「林さん」

コキールの皿をあらかた空にした林に、わたしは呼びかけた。

「母ってね、少し、どこかが壊れていたのではないかしら。そう思われません？」

林のナイフは、皿にあたって小さな音をたてた。

「壊れていた？」

と林は意味もなくわたしの言葉をくりかえした。

「痴呆《ちほう》的なところがあった、っていう意味です」

「そうだね」林は、わたしが意外に感じるほどあっさり、肯定した。

「三人の男の人の援助を受けている自分のありようを、娘にかくしとおそうという意志はなかったみたいです、母は。だからといって、そういうありかたに、一種の、何て言ったらいいかしら、自由奔放に生きる、アモラルな生への積極的な志向——があるのだからわたしにも認めろ、と押しつけるのでもない、つまり、いいとも悪いとも、何とも思っていなかった……みたい。これ、少し、おかしいんじゃありません？」

「そうだね」

「世俗的なモラルからは自由なのだ、と、積極的にアモラル、インモラルな暮らしをする人もいるわ。でも、母は、自分をデカダンと意識しているわけでも、まして、それを誇っているわけでもなかった。恥じてもいなかった。世紀末の、〝時代の子〟なんてかっこういいデカダンスじゃない。どこか、母は鈍かったのよ。昔から？　生まれつき？　林さんはいつごろから母をご存じなんですか」

「恵《けい》さんが、少女のころから」林は言った。

「それじゃ」わたしは林をみつめた。

「わたしの父親は、林さんですか」

そう言って、わたしは、噴きだしかけた。何だかテレビ・ドラマをなぞっているみたいで、こっけいだった。

「そうならよかったがね」

林はたいそう残念そうに言い、

「小島も佐川も、あなたの父親ではないよ」

と続けた。

わたしのナイフが、皿にあたって小さい音をたてた。

小島と佐川を林が知っているというのは、わたしの想像の範囲を超えていた。母のパトロンである三人の男は、知り合いなのか。

――まったく、あのひとときたら、進んでいるというのか、鈍感というのか……。

「小島さんと佐川さんも、それぞれ、自分のほかに二人パトロンがいるってこと、知っておられたんですか」

「もちろん。恵さんの死をあなたから聞いて、ぼくはすぐに、二人にも告げた。三人でいっしょにあなたに会おうかとも話しあったんだが、いきなり、小父さんが三人もあらわれては、あなたも居心地が悪いんじゃないかということになってね、まず、ぼくが、瀬踏み。それで、あなたが厭でないようだったら、このあと、二人も加わる、と、そういう手順になっているんだ」

「厭じゃないですよ。小島さんと佐川さんも、見てみたいわ」

「見てみたい、か」

林は苦笑した。

「向こうも、あなたを見てみたがっているよ」

「林さんも、見てみたかった？　わたしを」

「そうだね」

仔牛のフィレ・ステーキが運ばれてきた。

「凄《すご》いゴージャスですね。小島さんと佐川さんも、林さんみたいにリッチなんですか」

「まあね。外国の富豪のように途方もなくリッチというほどじゃないが」

「母は、デートのたびに、こんなご馳走《ちそう》食べていたんだ」

「恵さんは、和食党だったよ。踊りを止《や》めてから、食が細くなった」

「踊り？」

「ああ。恵さんが捨てた踊りだ」

「母って、日本舞踊かなんか、やってた人なんですか」

「いわゆる邦舞とも違う。創作舞踊だな」

「信じられないな。あのひとが……」

「ぼくたちは、野川恵子の」

林の口調が、少し若々しくなった。

「ファン、だったんですか」

「ファン、ね。まあ、そうだが、もっと密接だった、野川恵子の、影のブレーンというか、支持者というか……。ぼくたちもあのころは二十代の終わりから三十代の初めと若かったが、三人とも親が自家営業だったりして、金まわりはよかったんだ」

少し間をおいて、林は続けた。

「恵さんから、あなたは芝居に関わっていると、ちらりと聞いたことがあるんだが。何という劇団？」

「アマチュア芝居です。切符、買ってくださいますか」

林は、意味のない笑いで、はぐらかした。

食事の後で伴われたホテルの地階の酒場《バァ》に、これも初老の男が、先にシートについて待っていた。

「小島さんですか、佐川さんですか」

先手を打って、わたしは訊いた。

「きびきびしたお嬢さんだね。佐川です」

ふっくらと福々しい男は言った。広く抜け上がった艶のいい額にシャンデリアがうつっていた。

「もう一人は、あとで紹介しますよ」

「踊りではなく、芝居だそうだ、このひとがやっているのは」

「そうか。踊りではないのか」

「アマチュア演劇」と言って、林は、確かめるようにわたしを見た。

「踊りも、やります」わたしは言い、「自己流ですけれど」とつけ加えた。

「ほう、踊るの。邦舞？　洋舞？」

「どっちとも言えないな。やはり、創作舞踊ということになるんでしょうね。ジャズダンスを少し習いました。でも、それだけではつまらないので、芝居の中で、自分で振付けて踊ることがあります。芝居と踊りをミックスしたようなものを、実験的にやってみたいと思っているんです」

二人の小父さんが興味を示したので、わたしは続けた。

「日本舞踊に、舞踊劇ってありますでしょ。せりふも入り、ストーリーがあり、しかも舞踊が主なの。バレエとかいわゆる創作舞踊とかって、せりふは入れませんでしょ」

「せりふのある、物語性のある創作舞踊、日舞でも洋舞でもない」

「ええ、そういうのを、やりたいと念願しています。それも、一人でやってみたいんです。大勢では経費が大変てこともありますけれど、それだけじゃなく、一人芝居には一人芝居の面白さがあると思うんです」

林と佐川が視線をかわすのを、わたしは見た。

「林さんか佐川さんか、どちらか、この櫛のこと、ご存じないでしょうか」

バッグから、わたしは、半欠けの焼け焦げた櫛をとり出した。焼けながら、螺鈿の桔梗だけは損なわれていない櫛であった。

二人は、又、目くばせのような仕草をした。

「母の遺品なんです」

「よく知っているよ」と、佐川が答えた。

3

照明の輪の中に、白い着物の女が佇《た》つ。手に持つ一輪の花は、白桔梗である。

椅子席が百にみたない小さい貸ホールだが、観客は三人だけなので、わりあい広く見える。三人の観客の一人は照明係を兼ね、客席の後部に据えられた投光機の傍《そば》にいる。複雑な照明の設備はなく、フットライトのほかは、レンタルで運び入れた投光機一つなのである。

母の、最後のリサイタルが行なわれたホールであった。

母は、白い着物で、簡素な舞台に立ったのであった。

今、舞台に立っているのは、わたしだ。

林と佐川は、ホテルの地階の酒場で、わたしに黄ばんだガリ版刷りの薄っぺらい本をみせた。

ワープロやコピーが普及した近ごろでは見ることのない手書きのガリ版である。それだけでも、かなり古いものであることがわかる。

舞踊劇『桔梗合戦』

表紙には、そう記されてあった。

作　蓮田英二

作曲　小島良造

振付　野川恵子

出演　野川恵子

八ミリ映画にも撮ってある。見に来なさい、と佐川がにこにこ顔で誘い、わたしは酒場から佐川の自宅にタクシーで伴われた。林も同行した。広い庭のある大邸宅であった。

舞台を素人《しろうと》が撮影した八ミリ映画である。齣《こま》の数が少ないとみえ、ちゃかちゃかした奇妙な動きで、母の踊る舞踊劇『桔梗合戦』はスクリーンに投じられた。

物語は単純なものであった。日本の、中世ぐらいの時代設定らしいが、考証は無視している。

城主の正室と側室の争い。それが、つまり〝桔梗合戦〟なのであった。

正室は紫の桔梗、側室は白桔梗で象徴される。その相反する二人を、踊り手は一人で踊りわけるのである。

照明が、女の白衣を紫衣に、手に持った白桔梗を紫に、変え、また、白に戻す。

あいにく、古い黒白《モノクロ》の八ミリであった。最近のカラーヴィデオであれば、色彩の変化を鮮やかに捉え、一人二役を視覚の上でも明瞭に別《わ》けて見せるのだろうが、紫と白は、モノクロ映画では、それほど効果をあげていなかった。画面がさあっと翳を帯びるときが、紫の照明を浴びたときなのだろう。

それでも、色彩の変化の助けを借りず、踊り手は、二人の女をくっきりと踊りわけていた。メークも衣裳《いしょう》も、そのままの早替りなのである。物かげで鬘《かつら》を替えたりすることもない。舞台に立った一人の女が、居所も変えず、光の色の変化と共に、一瞬に、変貌する。その色さえ、スクリーンの上では役に立っていないというのに、清楚《せいそ》な側室、嫉妬に狂う妖艶な正室、二人の別の女がいるような錯覚さえ持たされる。

激しい振付であった。たしかに、洋舞とも邦舞ともつかぬ振りである。洋舞のリズムには合わず、邦舞の決まりからも逸脱している。そして、この映画は、音を欠いていた。昔の家庭用八ミリは、ヴィデオのように、撮れば音まで収録されるというふうにはなっていない。

伴奏の音楽は、テープにとってあるが、今のようなカセットではなくオープンリールで、それ用のレコーダーを、今日は用意しておくのを忘れたということで、とりあえず音無しで映像だけを観《み》ることになったのであった。

沈黙《しじま》の中でくりひろげられる激しい踊りは、何か狂気に憑《つ》かれた女が荒れ狂っているというふうに見えた。

長くひいた裾をひるがえし、跳躍し、のけぞり、伏し、反転し、手にした桔梗は剣と化して宙を斬り、鞭《むち》となって地を打った。

二人の女の、壮絶な闘いが、幾分赤茶けたモノクロームの映像となって眼に映じる。しかも齣落としのような動きのため、いっそう現実感が薄れ、ものの怪《け》じみた雰囲気が強い。

背景は、かなりリアルに描かれた桔梗の原の幕一枚である。途中、造りものの月がのぼりはじめる。その月は、背景幕のリアリズムとはあい容《い》れない、非現実的に巨大な三日月であった。

最後に、女は、凄《すさ》まじく跳び、反転して、月の下端に足をかけ、のけぞって逆吊《さかづ》りになった。その前に、帯は桔梗の一閃《いっせん》によって断ち切られている。着物ははだけ、女は裸体をさらした。

台本によれば、このときだけ照明は真紅になる。つまり、宙吊りになって死ぬ女が、紫桔梗の正室なのか、白桔梗の側室なのか、観客にはわからぬまま、終わるのである。

台本にも、どちらとも明示していなかった。

二人は、究極的には一人の女なのだということを暗示しているのかもしれないとわたしは思った。

八ミリ映画は、舞台が終わっても、まだ続いていた。楽屋らしい。さっきまで踊っていた女が、衣裳を床に投げ捨て、何か叫んでいるのだが、トーキーではないので言葉はわからない。

叫びながら衣裳を踏みにじる女を、数人の人が抱きとめようとしている。女は前髪に挿した櫛もぬきとり、衣裳の上に叩きつけ、踏み折った。長く垂らし、前髪だけ元結《もとゆい》で結んだ髪は、鬘《かつら》ではなく地毛であった。

抱きとめる人々をはねのけ、女は手をのばした。手の先は画面から切れた。再び、画面に手が見えたとき、それは燐寸《マッチ》箱を持っていた。中から燐寸の束をつかみ出し、一度に擦《す》って発火させた。一本二本であれば儚《はかな》くたよりない燐寸の火だが、数十本まとまると、迫力のある炎になる。女は、衣裳に火をつけた。燃える衣裳を女は振りまわし、女の顔に火影《ほかげ》が躍った。

フィルムは、そこで終わっていた。

伴奏の音楽も聴きたいか、と林は言った。

わたしは、たてつづけにうなずいた。

それじゃ、これから行こう。

どこへ？

オープンリールのテープが聴けるデッキは、小島が持っているんだ。そう、林は言い、今度は佐川が運転する彼の自家用車に乗せられた。もうアルコール気も抜けたから、検問にあっても大丈夫だと、佐川は顎《あご》のくびれた顔ににこにこ笑いを浮かべた。

すでに深夜である。わたしは半ば夢心地《ゆめごこち》で、二人の小父さんにどことも知れぬ場所に攫《さら》われてゆくような錯覚を持った。

小島の家も、佐川の住まいに劣らぬ宏壮《こうそう》な建物であった。前庭には糸杉の巨木が黒い塔のようにそびえていた。

二十畳ほどの洋間に招き入れられた。

小島はオーディオ・マニアなのか、壁面に立派なセットが据えられていた。

部屋に入ってきた小島は、瘦身で背が高く、佐川より更に額が抜け上がっていた。しかし、残っている髪は真白いがゆたかで、禿頭になるたちではないようだ。額の一部からこめかみ、目尻、そして耳の方へと火傷《やけど》のひっつれがてらりと目立つ。前頭部の毛髪がないのは、火傷のためらしい。その傷は、彼の気品のある容貌を妨げていなかった。

わたしは、さっき見たばかりのスクリーンの炎を思い出さずにはいられなかった。

「似ているだろう」

わたしに目を向けた小島に、林はそう言った。

「レプリカだ」小島は言った。

「テープを聴こう」佐川はにこにこして促した。

オーディオ・セットに組みこまれたデッキに、小島はオープンリールを嵌め、部屋の灯《あか》りを仄暗《ほのぐら》くしてから、スイッチを入れた。

奇妙な音楽であった。琵琶《びわ》と笛、ヴァイオリン、ドラム。楽器は、その四種類らしいと、わたしは聴きわけた。いや、鼓《つづみ》も入っている。この澄んだ乾いた音は、ドラムでは出せない。

わたしの眼裏《まなうら》に、桔梗を手にした二人の女が顕《た》つ。紫、そして、白。どうやら、琵琶と笛は正室の主題、ヴァイオリンは側室の主題をあらわしているようだ。

音楽は、それだけで物語の起伏を充分に想像させた。二人の闘争の場面になったのだろう、凄まじく激しい旋律とリズムが、わたしの軀の奥にひびき、わたしは、我れ知らず立ち上がり身の内から噴き上がる力に全身をゆだねた。爪先は床を蹴り、右手の非在の桔梗は空《くう》を打った。

わたしは、憎い側室の髪をひきねじり、打ちすえ、ヴァイオリンの旋律に溶け入って身もだえた。

曲が終わったとき、わたしは床に倒れ、荒い呼吸《いき》をしていた。

「似ているな」林の声と、

「レプリカだ」小島の呟きが、わたしの耳をかすめた。

佐川がわたしに手をそえて起き直らせた。わたしは頭がぐらぐらし、ソファに身を投げた。

恵さんがリサイタルを開いた同じ小ホールで、『桔梗合戦』を、みずほさんもやってみないか。

三人の、母のかつてのパトロンは、そう、わたしにすすめた。

費用はすべて、三人が負担してくれるというのである。

わたしは、とっさに声も出ないほどだった。

しかも、三人の小父さんは、何の見返りも要求はしないのだった。オープンリールの伴奏音楽をカセットに再録し、八ミリ映画のフィルム、映写機とともに、わたしに貸してくれた。

恵さんの姿を再現させ、もう一度、見たい。それが、三人の初老の男たちの願望であるらしかった。

「みずほさんは、恋人はいないの」

小父さんたちは、野暮ったい質問をした。

「います」

「妊娠はしていない?」

やだァ、と甘ったれた声をあげるとでも期待したのだろうか。わたしは、その問いを無視した。

だだっ広い家に、わたしは一人なのである。存分にヴォリュームをあげてテープを聴き、映画をくりかえし見た。亡母が、今や、わたしの師であった。楽屋の部分は見ずにフィルムを巻き戻す。関係ない部分だ。

亡母の振付をわたしはくずさないで踊ってみようと思った。同じ振りで踊り、しかも、スクリーンに見る亡母を凌《しの》ごうと、ひそかに意気込んだのである。

小島が〝レプリカだ〟と呟くのが、わたしは気に入らなかった。レプリカ、即ち、複製品ということだ。どのように精巧に造られていようと、本物ではない、と小島は思っている。

舞踊劇の常で、ストーリーは、いたって単純である。しかし、音楽と振付の持つ迫力は圧倒的だった。作曲者は、わたしをレプリカ扱いするあの小島である。専門の音楽家ではないが、編曲まで自分でやったということだった。たいがいの素人は、作曲したといっても、メロディーを考えるだけのことだ。小島は素人の域を超えていた。職業は弁護士である。悪い奴にひっかかったら、小島くんに頼みなさい、と佐川は冗談めかして笑った。

「恋人はいます」と言ったその〝恋人〟は、アマチュア演劇の仲間とは関係ない、旅行代理店に勤務しているサラリーマンである。演劇仲間が香港《ホンコン》旅行を試みたとき世話してくれ、それ以来、プライヴェイトなつきあいが生じた。きざなことや観念的なことを言わず、激昂《げっこう》して空論をぶつこともなく、目の前の現実的なことしか口にしないのが、わたしには、かえって新鮮で、頼もしくさえ感じられる。

「何だか、おかしな話だな」

郁也《いくや》は、感心しないという顔をした。

「おかしくても、いいわよ。リサイタルやらせてくれるっていうんだもの。悪徳プロデューサーがタレントを売り出すときに要求するような、ああいう俗っぽい話は抜きなのよ」

「稽古、見てもいいかい」

「いいわよ」

郁也にだけは見てほしい、そうして感じたことを言ってほしいとわたしは思った。演劇仲間のような嫉妬心は混じらないから、公平な感想をのべてくれるだろう。

「凄いな」というのが、わたしの稽古を見終わった彼の口からまず出た言葉であった。平凡な感想だが、わたしは嬉《うれ》しかった。照明と衣裳の助けを借りず、レオタード一枚で、わたしは、二つのキャラクターを踊りわけることができたのだ。

「音楽が凄い」と、郁也は続けた。

二週間ほど経って、郁也とまた逢った。

「林さんに会ったよ」

と郁也はわたしを驚かせるようなことを言った。

「林さん
「何だか聞きおぼえのある名前だと思ったら、うちのおとくいさんだった。林さんが経営している会社の社員旅行の世話は、うちがひき受けている」

「感じは悪くない小父さんでしょ。わたしとこうだってこと、言ったの？」

わたしは郁也の耳たぶを口に含みかるく嚙《か》んでから言った。

「言ったよ」

郁也はわたしの小指を嚙んで、答えた。

「きみなら安心だと言ったよ、林さんは」

「平凡な生活人だから安心したのよ、きっと」

「じゃじゃ馬馴らしの名伯楽《めいはくらく》だよ、おれは」

そう言ってから、郁也はちょっと目をそらせ、つとめて何げない声で、

「公演の後で、楽屋で衣裳を焼きかけたんだね、お母さん」

「どうして知ってるの。林さんから聞いたの？」

「映画みせてくれた」

「だって……フィルムは……」

「三本あるんだ。佐川さんのは、みずほが借りただろ。林さんと小島さんも一本ずつ持っているんだって。どうしてお母さんが衣裳を焼こうとしたか、訊いてないんだろ」

「訊きたくなかった」

「どうして」

「怖いもの。なぜだかわからないけど、怖い。だから、気にしないことにしたの」

「うん、怖い話なんだ。お母さんね、あの踊りに、一つの賭《かけ》をしていたんだって」

「それも、林さんから聞いたの？」

「みずほは『桔梗合戦』の作者についても、あの人たちに何も訊ねていないんだね」

「怖かったの。訊かない方がいい、って気がしたの。なぜだかわからないんだけど」

「林さんはね、訊かれたら話すつもりでいた。でもそっちが何も質問しないから、話しそびれたって言っていた。小島さんは、何も話すな、と主張しているんだそうだ」

「作者の蓮田英二という人、わたしの父親ね」

「知ってたの」

「知らない。直感よ」

「蓮田という人は、乱暴にね、酔って」

「レイプか」

「林さんたちといっしょに、野川恵子を後援していた一人だったって。野川恵子は、蓮田英二を、嫌ってはいなかった。しかし、酔ったまぎれの暴行という形で迫られたのが許せなかった。野川恵子は、妊娠した」

あの、激しい振付。

「妊《みご》っていると承知で、あのひとは『桔梗合戦』を踊ったのね」

「その前に、野川恵子は、蓮田英二を殺害している」

慰めるつもりか、郁也はわたしの小指を口に含んだ。わたしは、手をひっこめた。郁也の歯が指先に当たった。

「佐川さんは医者だから、病死の診断書を書いて火葬許可をとってやった。もう時効だし恵さんも死んだから、と、林さんはぼくに打ち明けた。みずほの耳に入ることを望んだんだろう。そうして、おれたちが公にはしないと信頼もして」

「あの振付で、流れるか流れないか、賭けたのね、野川恵子は」

流れるか、流れないか、胎内のわたしが……。

激しい振りを誘い出されずにはいられないあの音楽。小島の強い意志を、わたしは感じた。流れよ、という。

「小島さんも、母を愛していた……」

「四人とも。それでね、リサイタルの舞台をひきあげてきた野川恵子が、楽屋で衣裳を踏みにじり、火をつけ、叫んでいた言葉を、林さんは教えてくれた。あの八ミリは、林さんが撮ったのだそうだ。楽屋の模様もフィルムに入れようとしたら、あの有様だった」

野川恵子は、

〝誰なの、舞台で踊っていたのは、誰なの。誰かが、わたしの役を奪った。〟

そう叫んでいたという。

「野川恵子は、自分は踊らなかった。舞台で誰かがかわって踊っていた。つまり、ドッペルゲンゲルを視《み》た、と主張したんだ。そうして、狂った。静養し、一応なおったけれど」

「壊れちゃったのね、どこか」

「やさしい、いいお母さんだったろ」

「半焼けの櫛を、大切にしまっていたわ。狂いきってはいなかった。つまり、自分の視たものが何だったか、母は、わかったのよ」

「何も視やしなかったんだよ。野川恵子は、舞台で踊っていた」


今、リサイタルの前日のリハーサル、三人だけの観客を前に、父が作り母が振付けた激しい『桔梗合戦』を踊りながら、わたしは、わかる。

母が視たのは、今踊っているこのわたしの姿だ。

わたしを、母は視、そうして、狂ったのだ。

「レプリカ」小島の呟きが、ドラムの乱打の合間に耳に入る。

レプリカであるものか。わたしは、母を凌いだのだ。だからこそ、母は狂った。

このまま踊りつづけたら、わたしもまた、狂うのだろうか。

流れよ、という意志ばかりか、狂え、という小島の意志も、音楽には感じられる。

客席の奥正面に立ち、投光機の照明を操る小島の姿は、薄闇に没している。狂え、狂え、とばかりに、紫の光は乱舞する。わたしは音楽と光に煽り立てられる。わたしの父親になりたかった小島。そうして、なりそこねた小島。殺意に抗《あらが》って、わたしは踊る。

お母さん、あなたが視たのは、この舞台です。あなたを狂わせたのは、小島だ。

このとき、わたしは、傍に人の気配を感じた。姿は見えないが、それは、わたしに添い、荒ら荒らしく跳躍し、のけぞり、身もだえる。

巨大な三日月が背後にのぼりはじめた。操作しているのは、手伝いをかって出た郁也である。

わたしと母は抱きあって、大地を蹴った。

化粧坂

けしょうざか

1

指が、躍る。鍵盤にたわむれていると、はた目にはうつるだろう。かろやかな動きだ。長身の彼にふさわしい節の高い長い指が、鍵盤に挑みかかる。次の瞬間には、漣《さざなみ》のように走っている。

ピアノばかりがきわだってはならないのだ。主役は、舞台前面でせりふを喋《しゃべ》り、歌い、ときには踊る男優と女優である。

彼とピアノの位置は、舞台正面の奥、ホリゾントのきわであった。

ハーフミラーが、彼の姿を観客の目からさえぎる。ホリゾントとハーフミラーのあいだの狭い空間。そこが、この二週間の公演中の、彼の場所なのである。

ライトがミラーを透明にする。彼の姿が鮮明に浮かびあがる。このときだけは、彼が主役である。彼と、彼の奏でるピアノの旋律が。演奏は高潮に達する。ふたたび、透明な壁をライトが鏡面に変える。更に、昏《くら》い不透明な壁になる。

このような変化を、彼は意識しないようになっていた。

初日、二日……、五日めごろまでは、かなり緊張していたのかもしれない。自分では、かたくなっているとは思わなかった。思いたくもなかったが……。

――今日は、おれは、リラックスしているな。

指は、彼の意志が命じなくとも、自在に演奏をつづけるふうだ。

十三日、同じ曲を同じ時間に弾いてきた。しかも、彼自身が作曲したものである。

明日が、千秋楽だ。

その後の仕事のスケジュールは、ない。いや、後のことなど考えまい。

この舞台が、思いがけず恵まれた、ラッキーチャンスなのだ。

白いホリゾントは、照明のままに色を変える。

ふいに、月光を照りかえす鏡面のように、銀光を発した。

錯覚だったようだ。彼は、鍵盤の上を走る手をやすめた。舞台は、男と女のせりふのやりとりになっている。ここはBGMのいらない場面だ。ハーフミラーとホリゾントのあわい、彼のいる狭い空間は鈍色《にびいろ》の闇だ。

白銀の鏡面に巨大な蜘蛛《くも》の影を視《み》たように思ったのも、もちろん、錯覚だ。彼自身の影を視たのか。

蜘蛛……。鏡からの連想だ。

闇の壁に銀光色の鏡を視た錯覚が、更に、〝蜘蛛〟を連想させたのだ。

あんな、遠い昔にきいた話を……。忘れていたのに。

〝蜘蛛〟は、更に、〝化粧坂〟を、記憶の深みからひきずり出した。

彼が子供のころ、走りまわって遊んだ小高い丘の呼び名である。

なぜか、そう呼ばれていた。化粧坂、と。

化粧坂。なまめかしい名だが、そのなまめかしさに似つかわしいものは、何もない。

いや、秋の紅葉は、まあ、美しいとはいえた。それにしても、ありきたりの紅葉だ。

追憶にふけりそうになり、頭をふって、過ぎた日の影像を眼裏《まなうら》から追い払った。

いくら手馴《てな》れた伴奏とはいえ、一秒の狂いもゆるされない。そうかといって、メカニカルに譜面どおりに弾けばいいというものではなかった。男優と女優の演技に寄り添って、そのテンポの変化に即座に応じねばならない。彼らの間合は、その日によって微妙に異なる。

無名の彼にこの仕事を持ちこんだのは、この芝居の演出をする風間《かざま》であった。彼の方では、風間の名をよく知っていたが、風間が彼をどうして名指してきたのか、不思議に思った。

私立の音大のピアノ科を出て七年経《た》つ。彼の希望は、クラシックの演奏家ではなく、舞台音楽の作曲であった。生活費は不定期のバイトで稼ぎながら、作曲してテープに吹きこみ、ミュージカルで名のある劇団や演出家などに持ちこんだ。その場で聴いてくれるところなどは一つもなく、屈辱を重ねる思いを味わわされてきた。うちは芸大出身者でなくては相手にしないのだ。そう言いはなった劇団主宰者もいた。

まだ若いのだから、という言葉は慰めにはならない。十七、八のころ、三十などという年齢は永遠にこないような気がしていた。その三十まで、あと一年。希望の道への足がかりだけでもつかみたい、と焦る一方、いずれ、どうにかなるさ、と、のんびりかまえた一面もある。しゃにむに人を押しのけてという強引さに欠けている。……いや、〝蜘蛛喧嘩《げんか》〟のときだけは、強引だった。あれほど真剣だったことは……と、また、追憶が現在の時間にしのびこもうとする。

蜘蛛……。化粧坂の蜘蛛喧嘩……。

いや、蜘蛛のことなど、思い出すまい。

風間は、突然、電話をかけてきた。

「風間ですが」

そう名乗られて、彼は、とっさには誰だかわからなかった。もちろん、名は知っていた。四十にならないときいている。彼とは十もちがわない齢《とし》で、すでに、和製ミュージカルの世界では第一人者であった。演出ばかりではない、台本も自分で書く。ニューヨーカー誌の短篇《たんぺん》のような、小粋な都会感覚の舞台であった。喧嘩別れ。再会。大人の恋のほろ苦さが底に流れる甘やかなラヴストーリー。

原宿にある定員四百人ほどのしゃれたスペース〝シアタ・シロ〟が、風間の作品を定期的に舞台にのせていた。

「風間邦《くに》です。あなたのテープを聴いてね。ちょっとうちの事務所に来ませんか」

風間はそんな誘い方をしたのだった。

「今まではむこうの既製の曲をアレンジして使っていたんだが」

事務所をたずねた彼に、風間はそう言って、台本を渡した。

彼のテープを、だれが風間に聴かせたのか。そんなことはどうでもよかった。軀《からだ》がふるえた。

「かねにはならないよ」と、風間は釘《くぎ》をさした。

蜘蛛……と、ふいに想念が割りこむ。

それを追いのけるように、彼の指は鍵盤を叩《たた》きはじめる。


創作の期間は一箇月しかなかった。充分だと彼は思った。これまでに、彼のなかに芽生えたモチーフはいくつもあった。それらに、存分に花ひらかせてやればいい。羽搏《はばた》き巣立ちたがる若鷹《わかたか》のように、曲想はまちかまえている。翔《と》ぶ空がないばかりに、翼をひそめていなくてはならなかったのだ。

完成した曲のテープを、風間と、プロデューサー、演出助手、振付担当の舞踏家、そうして二人の出演者が、〝シアタ・シロ〟の階上にある稽古場に集まって、聴いた。

男優は三十二、三。女優は二十五、六にも三十代の半ばにもみえた。二人は、彼に、最初からひどく狎《な》れ狎れしい態度をとった。まるで旧知のあいだがらとでもいうような。

二人は、所属劇団はちがうが、どちらも関西の小劇団で活動しているということだった。テレビには出たことがないし、商業演劇の舞台に立ったこともないから、東京では無名である。風間が去年大阪で公演したとき、二人を起用した。気にいったので、東京の舞台でも彼らを使うことにした。そう、彼は説明された。

テープを聴き終わって、少しのあいだ、皆は無言だった。感想の口火を切るのをゆずりあっているふうで、彼は居心地《いごこち》が悪かった。

だめなのか……。彼は自信があった。だめなはずはない。

「おもしろいね」と言ったのは、振付師だった。風間に目をむけ、

「若くて、ふっきれているようで、やはり日本人だね。そこがおもしろい」

〝やはり日本人〟というのは、どういう意味なのか、褒《ほ》め言葉とは、彼には思えなかった。

風間がうなずいたので、彼はますます気が重くなった。

「このひとは、おそらく、自覚はしていないな」風間は言った。

「若いのに、むやみに、情念だ何だと、日本の古典芸能のカラーを意識してとりこもうとするのがいるが、彼のは、そうじゃないね。三味線だの浄瑠璃だの、聴いた

ともないだろう。根っから、あっちの音楽で育った感じだよ。それなのに、芯《しん》に、あるんだよな」

情念なんて、鳥肌がたつ、と彼は思った。

「一般の客は、これを聴いても気づかないだろう。軽くてさわやかで、アメリカナイズされた曲と聴くな。しかし、歴然と、ある」

おもしろい、と、風間と振付師はうなずきあった。

「白瀬《しらせ》と洋子《ようこ》をぼくが使うのも、この二人、このままで近松をやれるんだよな。もっとも、歌舞伎とはまるで表現の違う、な。それが、ニューヨーカーばりの、ウェルメイドをやる。どうしたって、歪《ひず》みがあらわれる。歪みに気づかない観客は多いだろうさ。しかし、これまた、歴然と、ある。いまの日本てのはさ、これなら、という土壌を失ってしまっているんだ。若い連中が古典を観《み》る目は、エトランジェの目だ。外人に近い目で見ているんだ。しかし欧米の音楽だって、いまだに借り物さ。決して根づいてはいない」

言いかけて、風間は言葉を切った。

「ま、こんな講釈はどうでもいい。舞台で、彼にバックで弾かせよう」

「絵になるな、これは」振付師がうなずいた。「白瀬くんより、こっちの方がハンサムじゃない。舞台でさ。洋ちゃんを彼にからませるの、どう？　それを白瀬くんが嫉妬する。彼は、ただ、弾きつづけていればいいんだ。無表情で。あたかもスクリーンにうつっている映像のように」

振付師のアイディアは、風間に無視された。

男優と女優が目まぜを交わしあったような気が、彼はした。秘密をわけ持った子供同士、くすくす笑いあっているような目まぜ、そんな気がちらりとした。気のせいかもしれなかった。

2

化粧坂。ケショーザカと、意味にこだわることもなく、呼びならわしていた。

そこがかつて、街道すじにあたり、宿場女郎が脂粉の匂いをただよわせていた、というようなところであれば、化粧坂の名もうなずけるが、往《ゆ》き来する旅人の袖ひく女たちがたむろした場所とは思えない。

雑木の根もとを猛々《たけだけ》しく覆いかくす野草を踏みしだいて走りまわるだけであった彼とその仲間たち——子供のころの話だ——に新しい遊びを教えたのは、一人の転校生であった。

やがてその遊びは、熱狂的な秘儀にまでたかめられていったのだが……。

クラスがちがったので、彼は、最初、その転校生をたいして気にとめていなかった。

火焔の燃えたつように夏の陽がゆらぎ、金色の草いきれのなかを、やみくもにはねまわっていたとき、仲間の一人が、足をとめ、真剣な目を、一点に据えた。

「どうしたんだ」

「しっ、ムサシだ」

「ムサシ?」

ムサシ?　そんなあだ名のものは、仲間にはいない。彼は、相手の視線の先を追った。

彼の目に入るのは、野茨《のいばら》の茂みとそれにからまってのびた蔓草《つるくさ》ばかりであった。

そのときの仲間の名を、彼は、いまではおぼえていない。仮に、Aと呼ぼう。

Aは白いピケ帽をぬいだ。日射病にならないようにと、親たちが呪《まじな》いのように頭にかぶせるやつだ。

ピケ帽をさかさにして、慎重に野茨の小枝の下にさし出す。片手で、すいと、枝を払う。

「とったぞ!」

Aの歓声に集まってきた仲間は、五、六人はいたのだったろうか。

ピケ帽の中をのぞきこみ、

「凄《すげ》え! キンケツ!」

「バラッコのキンケツか」

彼には意味の通じない暗号めいた言葉を口々に叫ぶ。

彼は一人異国に迷いこんだ気分になった。親しいと思っていた仲間たちが、変貌した。

帽子の底でごそごそうごいているのは、何の変てつもない、一匹の蜘蛛だった。どこででもみかける、ハエトリグモである。

Aは、片手でピケ帽をささげたまま、空いた手をズボンのポケットにつっこんだ。

マッチの空箱をとり出し、その中に、注意深く蜘蛛をうつし入れ、またポケットにおさめる。

その一連の動作のあいだ、仲間たちは、「逃がすなよ」とか、「そっと、そっと」などと、自分の持ち物のように注意を与える。

そうして、「もっといないかな」と、野茨の小枝を点検しはじめたのだ。

「ちぇ、蜘蛛なんて」

彼はきこえよがしにうそぶいた。

「いた！」

と、ほかのひとりが、感きわまった声をあげた。

「貸せよ、帽子」

Bと呼ぼう。Bは、母親の命令に逆らって帽子をかぶってこなかったことを、このとき、ちょっと悔んだにちがいない。

「キンケツか」

「いや、アジロだ」

「アジロだなァ」と、少しがっかりした声。

「アジロだけどさ、バラッコだからな。バラッコのムサシだからな」

符丁《ふちょう》めいた言葉でかわされる会話から、彼は完全にはじき出されていた。彼はうろたえた。突然、言葉の通じない異邦人のあいだに一人置かれたような気分だ。

キンケツって、何だよ。アジロって、何なんだ。そうたずねたいのだが、だれもが小さい蜘蛛に夢中になっていて、彼の質問など耳にとまりそうもない。

彼は、蜘蛛に興味を持ったことはなかった。蟬《せみ》や蜻蛉《とんぼ》、カブト、クワガタと、男の子ならだれでも惹《ひ》かれる虫は、みつければ嬉しがって捕えたけれど、苦労して飼う気にはなれず、蜘蛛はむしろ、嫌いな生きものの一つであった。彼の興味は、楽器をいじることにむけられていた。

父親は大学の国文学の教授という、堅い家に育った。父の趣味で、クラシックのレコードがかなり揃《そろ》っていた。幼いころから、音楽は彼の耳に自ずと流れ、それによって培《つちか》われた感性もあるが、血のつながらぬ伯母の影響も大きかった。父の兄の妻という関係のこの伯母は、音大でフルートを専攻した。プロの演奏家にはならず、結婚して家庭に入った。伯父は洋陶器の輸入会社を経営し、彼が幼いころは羽振りがよく、子供がいないところから彼をかわいがってくれた。彼がねだるままに、子供には高価すぎるエレクトーンを買ってくれたのも、この伯父であった。伯母が彼をそそのかしてねだらせたきみもある。伯母は、義理の甥《おい》が音楽に惹《ひ》かれるのを、喜んでいたようだ。

彼の心を音の世界にむかって開かせ、道をつけただけで、彼が中学を卒業するころ伯父は事業に失敗し、離婚し、やがて病死した。彼が蜘蛛とかかわりを持ったのは、まだ伯父も伯母も華やかだった時代である。

Aは、蜘蛛の入ったマッチ箱の中箱を抜き出した。Bが、自分の蜘蛛をそのなかに落とした。そのあいだに、Aはガラスの破片をポケットからとり出していて、すばやく蓋《ふた》をした。

子供たちはAの手のひらの上の小さい函《はこ》をとりかこみ、頭を寄せあってのぞく。彼も、どうにか割りこめた。

二匹の蜘蛛は、離れた隅にそれぞれ身を寄せ、懶《ものう》げに肢《あし》をうごめかす。幽閉の身にとまどっているようでもあった。

Aが、函の底を爪でひっかいた。その刺激にゆり動かされてか、蜘蛛は、互いに相手の存在に気づいた。

このとき、彼も、気づいた。

二匹の蜘蛛は、からだの大きさも特徴も、ほとんど同一のもののように似かよっているが、ただ一点、明白な違いがあった。

両方とも、体長は一センチほど、頭胸部と八本の肢は、艶のある漆黒《しっこく》で、腹部はビロードのような赤橙色である。この腹部が一方は無地なのに対し、もう一方は、キの字形の黒斑があるのだった。

敵、を意識した蜘蛛は、むかいあい、前の一対の肢をふりあげた。左右の剣をふりかざす姿にみえた。

彼は、理解した。

ムサシだ。まったく、これは、二刀流の宮本武蔵じゃないか。テレビのドラマで、二刀を駆使するこの剣豪は、子供たちにもなじみ深かった。

矮小《わいしょう》な剣士は、彼の視界いっぱいに、巨大化した。

つづく闘争は、彼に周囲のいっさいを忘れさせた。

二本の剣を左右にひろげ、威嚇するように打ち振りつつ、剣士はじりじりと接近する。間合がせばまり、剣先が触れあう。激しい鍔迫《つばぜ》り合いがつづく。互いに、相手の剣を上から押さえこもうとするのである。死闘のはてに、二匹は、がっぷりと組みあったまま、動きが緩慢になった。

子供たちは、声でけしかけ、函の底を爪で掻《か》いて蜘蛛の闘志を煽《あお》りたてる。抱きあってゆるやかに踊るふうに一進一退していた蜘蛛が、ふいに、殺意にめざめた。

剣先を打ち振り、打ちあわせ、上手《うわて》をとろうとする。一方が、上手を制した。相手の腹を、上から剣で引き裂こうとする。下になった方は必死にもがいたが、やがて力が弱まる。上位の蜘蛛は、腹を上下にゆり動かして勝ち誇る。劣勢に陥った蜘蛛は、隅の方に這《は》いこもうとする。その全身を、双剣で抱えこみ、勝者は敗者を喰《く》いはじめた。

子供たちの輪のあいだから、吐息が洩《も》れる。

闘争の結末は、彼を不快にした。しかし、死闘のあいだは、不快感をおぼえるゆとりもなく、息をつめ、陶酔していたのだった。

子供たちの目の前で、殺戮《さつりく》の儀式は、終わった。函の中には、赤橙色の腹をうごめかす勝者と、敗者のわずかばかりの残骸が残った。

勝った蜘蛛の所有者であるAは、ガラスの蓋をとり、指の先につけた唾を、褒美として、彼の戦士に舐《な》めさせた。

見物の輪のなかに、彼は、見なれぬ顔をみた。まったく見も知らぬわけではなかった。隣の組に編入された転校生である。このときまで、彼の関心の外にあった。ムサシ、と、子供たちが呼びかけた。蜘蛛をムサシと呼んだ彼らは、この転校生をも、同じ名前で呼んだのである。彼らのムサシに対する態度は、何か畏敬の念が混じっているように、彼には感じられた。

その少年は、一見、きわだった特徴はなかった。クラスで身長順に並べば、まん中より少し前ぐらい、太りすぎも痩せすぎもしていない。頭の鉢が少し大きいためか、手足がぶかっこうに短くみえる。そのくせ、醜《みにく》くはない。美貌ではないのだが、目もとに愛嬌《あいきょう》がある。彼が大人であれば、その愛嬌を色気と表現したかもしれない。

彼は、好感を持った。少年の方でも、彼と目があうと、好意のある笑顔をみせた。そのとき、彼は、何か秘密めいた交感をおぼえた。他人に知られてはならぬたぐいの感情であった。相手も同様であることは、その笑顔がすばやく消えたことで察しられた。ほかの子が、ムサシ、ムサシ、と呼びかけたのだ。

「やっぱ、キンケツが勝ったぜ。ほんと、キンケツ、強いな」

「アジロ、喰われちゃってさ」

闘争にかきたてられた血の騒ぎがまだ鎮まらぬ子供たちは、たかぶった声で口々に少年に告げる。

「喰われる前に、引きわけてやれよ」

おっとりと、少年は言う。

「だめだよ。手出したら、こっちが嚙《か》みつかれそうだもの」

「凄えのな。バリバリ喰っちゃってな」

少年は、また、目で彼に笑いかけた。彼も笑みを返した。

3

新しい遊びに、なぜ、彼が参加がおくれたのか、その理由は明らかだった。

同じ学校に通う子供たちは、住む地域によって、大きく二つにグループがわかれていた。

商店や小工場が多い低地の地区と、医師とか弁護士などの住む高台の住宅地である。二つのグループは、敵対したり反目したりすることはないが、何となく、なじみあわなかった。互いに、相手に優越感と劣等感を、ひそかに感じてはいた。そうして、〝遊び〟にかけては、低地の子供たちの方が、はるかにすぐれていたのである。

転校生のムサシは、転校してきたとたんに、低地の子供たちのあいだに隠然たる力を持ちはじめ、高台の一人である彼は、そのことに気づかないでいたのだった。

蜘蛛合戦は、彼の目の前で、日を追って熱狂の度を増していった。

彼も、少しずつ、隠語をおぼえはじめた。だれ一人、彼に説明し教えてくれる者はいなかったが、おのずとわかってゆく。

剣を振りあげて闘う蜘蛛は、〝ムサシ〟なのだ。〝ムサシ〟を教えた転校の子も、また、ムサシのあだ名で呼ばれているけれど。

野茨に巣くうムサシは、バラッコと呼ばれて、なぜか、ほかの樹《き》にいる蜘蛛より強い。

腹部が赤橙色のものは、キンケツ、赤橙色の腹に、キの字の黒斑のあるものが、アジロと呼ばれる。そうして、キンケツはアジロより強いとされている。つまり、バラッコのキンケツであれば、最強の横綱級なのだ。

もっとも、この通説は、しばしば破られた。アジロがキンケツを喰うこともあり、バラッコが他愛《たわい》なく負けることもあった。それでもバラッコのキンケツが最強という神話は、かたくなに信じられ、野茨の小枝に赤橙色の腹を持つ蜘蛛を発見すると、子供たちは歓喜した。

化粧坂の草の茂みに、頭を寄せあって、子供たちは、マッチ箱の中の血みどろの闘いにかたずをのむ。

彼と少年は、言葉をかわすことはほとんどなかった。目があうと、かすかな笑いを少年は送ってよこし、彼も、他のものに気づかれぬ笑いを返した。

やがて夏休みになり、彼と少年の交感は絶たれた。子供たちはあいかわらず化粧坂に集まって蜘蛛を闘わせるが、ムサシの姿はみられず、また転校したのだろうかと、彼は思った。

少年の姿を欠いた蜘蛛合戦は、彼には、精彩を失ったものにみえたが、子供たちの熱狂はつづいていた。

喰い喰われる蜘蛛に、彼は食傷した。

夏休み、学校の外で低地の子と行きあうと、相手がひどく大人びてみえ、彼はたじろぐ。十になるかならずで、彼らはすでに大人の世界をよく知っており、半人半獣、あるいは、もっと彼の感じたものを適切な言葉で言えば、半神半人というふうなのだ。

パチンコ屋から出てきた下田《しもだ》にも、それを感じた。同級生のなかでは、一番小柄で、学校ではまるでめだたない一人だ。教師からも無視されている。

咎《とが》めるような表情を、彼の目に、下田は見たのかもしれない。

「おれん家《ち》、ここ」

と、彼が何も言わない先に、弁明するふうに言った。

彼と下田は、何となく肩を並べて歩きだした。彼は駅前の本屋に行く途中だった。

「三善館《みよしかん》に行くんだ」

下田は言い、立てた親指を振って、いっしょに行かないかと、身ぶりで誘った。

商店街の、牛乳屋と洋品店のあいだの路地を入った裏に、モルタルの汚ない建物があり、安っぽい絵看板があがっているのを知ってはいたが、彼にはそれまで、まるで無縁の場所であった。関心を持ったこともなかった。

「何しに？」

彼のあまりに無知で無邪気すぎる質問は、下田の失笑を誘った。下田は、彼の手首を握り、ひっぱって歩きだした。下田の手はべとついて、彼には不愉快だった。三善館に入ってはいけない、と親からも教師からも禁じられたことはなかった。そこが子供に禁断の場所であることは、あまりに自明のことだから、ことさら禁令も出ないのだと、彼は承知していた。

承知しながら、禁じられていないということが、言いわけになった。

下田は、彼がびくびくしているのを感じとり、意地悪く、手首を握った手に力をこめる。意地悪さとともに、たのしさを教えてやるという親切な優越感もないまざっていた。

表通りばかりを歩いていた彼は、ほんの一すじ裏のこのあたりには、ほとんど足をむけたことがなかった。

「おれは楽屋から入れるんだけど」と、下田は分別くさく、「××ちゃんまで連れては入れないから」

入れないから、どうしろというのだ。三善館の前に来るというだけで、彼としては、かなりの心の葛藤《かっとう》を経ている。このまま帰れというのは、決行直前に中止命令を出されたようなものだ。

「入場料払って表から入って。子供、半額だから」

雑誌を買うつもりで持ってきた小づかい銭が、ポケットにあることはあった。しかし、このかねを使ってしまったら、雑誌が買えなくなる。高台の家々は、家計は決して貧しくはなかった。収入にはゆとりがあるのだが、子供に与える小づかいは、制限のきびしい家が多かった。低地の商店街の子供たちのように、毎日小づかいをもらって買い食いするというような贅沢《ぜいたく》は、ゆるされていなかったのである。

彼は、甘美でおそろしい地獄への通行税を払うような気持で、木戸銭を払った。

――後に、大学生になってから、彼は人妻をホテルに誘ったことがある。女にとっては、生まれてはじめての不倫の行為だったらしい。その女の味わった気持は、彼がはじめて木戸銭を払ったときのそれと、酷似していたにちがいない。女の乱れように、甚《はなは》だしかった。禁忌をおかすことによって、平凡な行為は陶酔的な蜜《みつ》の色を帯びる。

畳敷きの客席は、半ば埋まっていた。中年の女が多かった。彼は、客の顔を見わけるゆとりはなかった。幕はすでに開いていた。

舞台で演じられていることも、少しも彼の興味をひかなかった。役者たちは醜く、薄汚なく、時々、卑猥《ひわい》な仕草をし、そのたびに、周囲の女たちは、軀をよじって笑った。

後悔が、彼を鷲《わし》づかみにしていた。

「昨日、雪丸《ゆきまる》に足袋《たび》を買ってやったのよ。色足袋。嬉しがってたよ」

「足袋じゃ、手も握ってくれなかっただろ。吉田屋の奥さんなんかさ、雪丸に衣裳贈ってたわよ」

「知ってるよ。赤いのだろ。赤は、雪丸には似合わないわよ」

芝居のせりふのあいまに、周囲の女たちの話し声がゆきかう。

「『魚とみ』のご隠居がさ、吉田屋のかみさんと、雪丸はりあってるんだよ」

「やだね。あたしは、何も贈らないの。ばからしいよ。こうやって、顔見てりゃいいの」

「この一座はさ、雪丸より、小雪《こゆき》でもっているんだから」

「わたしも、小雪にならい、贈ってやるよ。キャラメルかチョコレートだってさ、ありがとうございます、って、きちんと舞台に両手をついて、お礼を言うからね。かわいいよ」

「『魚とみ』のご隠居は、雪丸にもう五万ぐらい貢いだってよ」

「そのお祝儀《はな》はさ、雪丸からほかの女に、こうだよ」

「いやァ、女にやったりしないわよ。がっちり貯《た》めこんでるよ。雪丸は大阪だからね。かねの点は、しっかりしてるって」

「小雪って、雪丸の子？」

「まさか。雪丸に子供がいちゃ、幻滅よ」

「小雪は、芝居には出ないの？」

「たまに、出るよ。子役が要るときは。あたし、毎日来てるんだけど、三度ぐらい出たかね。達者でね、泣かせるよ」

「そう？　わたし、踊りしか見ていない。踊り、うまいね、あの子」

「芝居だって、うまいんだから。もう、泣かされちゃう。こないだ、『阿波《あわ》の鳴《なる》門《と》』やってね。巡礼お鶴。うまいのよ。わたし、もう、泣いて泣いて。それからさ、『重《しげ》の井《い》』の、ほら、三吉。これがまた、泣かせるの」

女たちのお喋りが止《や》んだのは、舞台に、顔をまっ白に塗りたくったやくざ姿の男が登場したからだ。

雪丸ッ、と、声がとびかかった。

芝居は、彼には退屈なしろものだった。やくざ姿の男がこの芝居の主人公で、悪者を斬り殺し、女を助ける、と、話のすじみちはわかるけれど、木戸銭を払ったときの、あの妖しい期待は、いっこうにみたされなかった。

幕が引かれ、客席が明るくなったとき、彼は、これで終了したのだと思い小屋を出て帰ろうと思った。しかし、周囲の女たちは、だれ一人立ちあがらない。客は増えていた。外に出るためには、女たちをかきわけなくてはならない。咎《とが》められそうで気おくれした。客のなかには子供もいた。親に連れられてきているのだろう。彼は、少しほっとした。

休憩は短かった。すぐに客席の灯《あか》りが消え、幕のむこうが明るんだ。けたたましい音楽が、舞台の脇のスピーカーから流れた。

家では聴くことを禁じられているたぐいの、流行歌であった。再び居心地が悪くなった。

幕が開き、からの舞台の袖にスポットライトがのび、光の輪のなかに、若い娘が姿をあらわした。

日本髪の鬘《かつら》が、小柄なからだに不釣合に大きいが、その下の顔は、彼が息をのむほど愛らしかった。

小雪！　小雪ちゃん！　と客席から声がとび、そのたびに、娘は声のした方に流し目をおくり会釈した。下駄《げた》の音をひびかせて狭い舞台の中央にくると、下駄をぬぎ素足になった。その素足が、彼の目には、いたいたしくうつった。

娘は、袂《たもと》を胸に抱き、しなをつくって微笑した。微笑は明らかに彼にむけられていた。彼はどきまぎし、耳が熱くなった。

打ち出しとなり、出て行く客の一人一人に、小屋の前に並んだ役者たちが頭を下げ礼を言って送り出す。

ありがとうございました。

明日もまた、見にきてくださいね。

彼は目を伏せ、小さくなって人ごみにまぎれて出ようとした。下田はとうとう客席には来なかった。一人で、彼は帰らなくてはならない。

送り出しの役者たちのあいだに、小雪がいた。一人で踊っているときは一人前の娘にみえたのだが、大人の役者たちと並ぶと、小雪は小人のように小さかった。彼とほとんど同じくらいの背丈で、髷の高さをひけば、いっそう小さくなる。まっ白に塗った白粉《おしろい》、目尻にさした紅《べに》、塗りつぶしたくちびるの上に紅でちょんぼりと描いた口、小雪のそんな化粧の下から、彼はようやくムサシの地顔をさぐり出し、唖然《あぜん》とした。

楽屋においでよ、とムサシは小声で誘い、そのとき握手を求めてきた中年の女に、あでやかに、ちょっと恥じらったふうまでみせて、小腰をかがめた。女と握手した手を放すと、ムサシの手には千円札が残った。当時の千円は、子供には目のくらむ大金であった。

客はしばらく役者たちにまといつき、やがて散っていった。

千円札を折りたたんで帯のあいだにはさみ、ムサシは、白く塗った手で、彼の手を握った。しっとりと汗ばんだ手であった。

蜘蛛合戦をひろめたムサシが旅まわりの役者の子であることを、低地の町っ子たちは、だれもが知っていた。高台の坊ちゃんである彼は、この情報の入手でもおくれをとったのであった。

毎日、昼夜二部興行なのだが、学校のあるあいだは、ムサシは、夜の部の、最後の舞踊ショーにしか出演しなかった。それで、学校がひけてから遊ぶ暇があったのだが、子供たちが時間の制約から解き放される夏休み、ムサシは、かえって多忙になった。昼の部の舞踊ショー、そうして、ときには子役の必要な芝居にも、出なくてはならないからである。

「これから、夜の舞踊ショーまで、あいているんだよ。少し遊べる。待っていてくれない？　化粧落として、着かえてくるから」

娘姿でささやきかけるとムサシの声は、蠱惑《こわく》的だった。しかし、ためらわずに誘いにのるには、彼は臆病すぎた。

駅前の本屋に行くと言って家を出たのである。とうに帰宅していなくてはいけない時間だ。

「いま、何時？」

おずおずと訊《き》いた。

「昼の部がおわるのが三時半だから……十分ぐらい経ったかな。三時四十分ぐらいじゃない。ラーメン好き？　おごってあげる」

ムサシは帯の前をかるく叩いた。ここにかねがある、と示したのだろう。娘姿のせいか、ムサシは、口調もものやわらかくなまめいていた。

たかが、ラーメン屋に入るくらいのことが、当時の彼には、大変な禁忌であった。

「楽屋で待つ？」

彼は首をふり、少しずつ後じさりした。ムサシの誘いには、単なる禁忌破りを超えた、甘やかな毒、罪のにおい、があった。化粧と衣裳《いしょう》の持つ力だろうか。彼は息苦しくなった。

「帰らないと、叱られるから……」

つぶやき、彼は、ムサシが気を悪くしただろうか、この妖しく愛らしい少女に軽蔑されるのだろうか、と思った。

「そう？」

彼が拍子抜けするほどあっさり、ムサシはひきさがったが、手を放す前に、

「明日もおいでよ。ただで入れてあげるから」と言った。

4

あの夏は、おれにとって、特別な夏となった——と、指はほとんど条件反射のように鍵盤の上を走りながら、彼は思い出す。

ムサシの誘いは、ことわるには甘美すぎ、応じるには、罪のにおいが濃密すぎた。成人してから思い返せば、他愛ないためらいだった。禁忌をおかしたからといって、何ほどのこともない。下田のような町っ子たちには、タブーのかけらもない世界だった。彼らは、親がかねを持たせ、芝居見てきなと追いやるのである。

ムサシはなぜ彼にだけ、あれほど執拗《しつよう》で甘やかな誘いをみせたのだろうと、彼は後になって思ったものだ。

たしかに、最初に目を見かわしたときから、何か親しくなつかしくかよいあうものはあった……。

翌日はがまんしたが、二日めになると耐えきれず、母親に口実を作り、彼は小屋をおとずれた。

ムサシが話をとおしておいてくれたとみえ、木戸口はただで通れた。

二度、三度、と彼は禁忌を破り、そのたびに、罪悪感と甘美さは、ないまざりあって烈《はげ》しさを増した。

芝居には、ほとんど必ず、男と女のからみあう場面があった。それほど煽情《せんじょう》的なものではなかった。ポルノショーなどにくらべれば、純情的といってもいいほどのラヴシーンだったのだが、彼がはじめて知ったエロティシズムであった。

何度めに行ったときだったろうか。召し捕られたやくざ者と、その恋人の娘が、別離を悲しむ場面があった。両手をくくられ、捕り手に縄尻をとられたまま、やくざ者は娘の傍《そば》に歩み寄り、顔を寄せた。くちづけをするかにみえたが、男は娘の髪から簪《かんざし》をくわえてぬきとったのであった。

花簪《はなかんざし》を横ぐわえにした男が、幼かった彼には、なまなましい接吻《せっぷん》や抱擁より、はるかに艶冶《えんや》にセクシュアルに感じられた。その感覚がセクシュアルなものであるという認識さえ、そのときの彼には、なかった。

送り出しのとき、娘姿のムサシが、笑顔で彼に手をさしのべた。舞台で花簪をやりとりしたのは大人の役者たちで、ムサシは出ていなかったのだが、彼は、ムサシの髪に挿された花簪に目がいった。おもちゃのような安物だったはずだが、きらきらと美しかった。彼は少し背のびして、簪にくちびるを近寄せようとした。すると、ムサシは、顔を寄せてきた。簪にはとどかず、ムサシのくちびるが、彼の唇のはしにふれかけた。彼はのけぞるように身をよけた。手首を、ムサシが握って、「明日、化粧坂に蜘蛛とりにいかないか」と誘った。

「でも……でも、舞台に出るんだろ」

「昼前なら、大丈夫。昼の部の踊りがはじまるまでに帰ってくればいいんだから。ほかのにみつからないように、二人だけの場所、教えてあげる」

ほかの、というのは、他の学童を指していた。

翌日、家族揃っての行儀のいい朝食をすませてから、彼は、牛乳屋の角でムサシを待った。約束の時間より十分ほどおくれて、ムサシは来た。眼が充血し、疲れた顔つきだった。大人の役者たちといっしょに、夜もひいき客の相手をさせられているのだということを、彼はそのときは知らなかった。

地元育ちではないくせに、ムサシは、彼の知らない裏道をあれこれ三十分あまり歩き廻《まわ》り、彼の見知らぬ窪地《くぼち》に導いた。

「どこだかわかる？」

彼が首をふると、

「化粧坂の裏だよ」

化粧坂は、坂をのぼりつめると崖地になり、そのむこうに下りたことは、彼はこれまで、なかったのである。

「あの崖の上が、化粧坂のてっぺんだよ」

崖にね、鏡が……巨《おお》きな鏡が、嵌《は》めこまれて光っていたんだって、と、ムサシはつづけた。ある男がね、とりに近寄ったら、鏡と思ったのは、大きな蜘蛛でね。

ムサシは、それだけ言って言葉を切り、キンケツだ、と、かたわらの小枝を払った。左手をすばやく握りしめた。彼の目の前で、そっと手をひらき、黒光りする赤腹の蜘蛛をみせた。

彼は目をそむけ、「いらない」と身ぶりで示した。そして、

「蜘蛛を鏡と見まちがえたんじゃないだろ。蜘蛛の巣にさ、雫《しずく》が一面に光っていて、それが鏡に見えたんだろ」

と、理屈っぽく言った。

そうかもしれないね、と、ムサシはさからわなかった。

「でね、その男は蜘蛛に食べられちゃった、と、いう伝説なんだけどね。どうして、人間は蜘蛛を嫌いなんだろうね。こんなにかわいいのに」

『土蜘蛛』の話、知ってるだろ、と、ムサシはつづけた。源《みなもとの》頼光《らいこう》って武士がね、退治するの。芝居でもやるけどね。でも、あれは、征服した者が、その土地にもとからいて反抗するやつを悪者に仕立てあげた話だって。ほら、西部劇のインディアンみたいにさ。大人たちのあいだで暮らしているからだろう、ムサシは、ませたことを口にした。

「これは、強いよ。ほかのが持っているのと合わせてごらんよ。きっと勝つから」

ムサシは言った。

いらない、と彼が言うと、ムサシは蜘蛛を小枝にもどし、「嫌われたよ、おま

え」と蜘蛛に言った。

指が重い——。ふと、彼は気づいた。

——あんなことを思い出していたからだ。

罪悪感のせいだ。

彼は苦笑して、意識を指の動きに集中した。

ホリゾントとハーフミラーのあいだの狭い空間は、銀色の輝きを増した。

ハーフミラーのむこうの舞台は、クライマックスシーンのはずだ。彼のピアノが、舞台の男と女の演技に精彩を添えねばならぬときだ。

指はこわばり、動きをとめようとする。

——こんなときに、過去の罪悪感に影響されて、神経症的な症状をおこすなんて……。

わかっているさ。あのせいだ。何も、常識を超えた現象が起きつつあるわけではない。

人間の軀は、深層意識に支配されるものだと、今の彼は、承知している。幼いあのときは、そうではなかった。ムサシは、蜘蛛とは何のかかわりもない、ただの、役者の子さ。そう、今の彼なら、幼い彼に言いきかせてやれる。

理屈で説明のつくことなのだ。この、指の動きがふいにぎごちなくなったのも。オカルトを信じる者なら、蜘蛛のノロイだなんて、ばかげたことを持ち出すだろうさ。ばかばかしい。

ただ、あの罪悪感が……。忘れたと思っていたのに……。

ムサシが、彼の肩に手をまわし、顔を寄せてきていたのだ。くちびるが、彼のくちびるに、はっきりとふれた。湿った息が、彼の口の中に入った。彼の手は、ムサシを突きとばしていた。反射的な行動だった。力まかせに、突いた。草のかげに、地に埋まった石の頭があることなど、知りはしなかった。仰向けに倒れたムサシの頭の下から血が滲《にじ》み出してきたのが目のすみに入ったけれど、彼はそのとき、やみくもに走り出していた。

役者の子の変死は、彼の家庭では、話題にもならなかった。彼は三善館へ足をむけるのをやめた。

二学期がはじまったとき、下田が彼に、何かおそろしい秘密を告げるように、ムサシの変死を教えた。教師は何も言わなかった。一座は次の興行地に去っていた。

蜘蛛合戦を教えた少年が、夏のほんの一時期学校に在籍したことは、教師からも生徒たちからも忘れられたかのようで、しかし、蜘蛛合戦だけは、いまだに廃《すた》れず、子供たちのあいだでつづけられている。そうして、蜘蛛合戦の味をおぼえて成人したものたちは、蜘蛛の命がけの闘いに、金を賭けるというたのしみをつけ加えた。下田などがその胴元のようだ。彼は、関心がない。

彼が、いま、関心を持たざるを得ないのは、彼の意志にさからって動きを止める十本の指だ。オカルト好みのものなら、と、彼はまた苦笑して思う。彼の成功のチャンスを打ちこわそうと、クモガ、ノロイトウラミノイトデユビヲシバリ……。

彼は、小さく笑う。

そうじゃないよな、ムサシ。ノロイじゃない。縛られてやるよ。

仰向けに倒れたムサシの眼《め》はぽっかりあいていた、と、記憶がよみがえる。

彼の四囲は、銀光を放つ鏡。

化鳥

けちょう

開幕五分前のベルが鳴った。

杏二《きょうじ》の楽屋で時を過ごそうと、私は思った。

招待した劇評家やマスコミ関係者への挨拶も、あらかた終わった。

「なかなか、前評判が高いね」

「ユニークなキャスティングは、西賀《さいが》くん、おたくの発案だって?」

「たのしみに拝見するよ」

声音にこもっているのは、好意ばかりではなかった。どんな舞台であろうと、難癖というものは、つけようと思えばいくらでもつけられるものだ。

初日である。この公演を企画したプロデューサーである私は、人目に立たぬ隅の席で、江見《えみ》杏二の舞台に目を注ぐのが当然であった。

ベルに急《せ》きたてられ、ロビーに屯《たむろ》していた人々は客席に吸い込まれてゆく。

入りはよかった。七百二十のシートはあらかた埋まり、補助椅子も出ている。

私の企画は、あたったのだ。

客の大半は、若い女性であった。花束をかかえた姿も見られる。フィナーレのとき杏二に捧げるつもりだろう。こちらで用意したサクラではなかった。デビュー当時は、人気を盛り上げるために親衛隊を作ったりもしたが。

江見杏二の起用は、週刊誌などに取上げられ、PR効果をあげた。宣伝に大金をかける事はできない中規模の公演である。マスコミの方で積極的に記事にしてくれるのは、ありがたかった。

――しかし……。

私は関係者以外立入禁止の扉を開け、楽屋への通路に踏み入った。

舞台の袖《そで》を通る。大道具はすでに飾りつけが完了している。それでも大道具方は、なお、あちらこちらを点検している。

主役の江見杏二は、三階に上がっているはずだ。おそらく、頭を垂れ、両手を前に組み、祈っているのだろう。昨日の舞台稽古のときも、彼はそうしていた。

序幕に出る役者たちが、袖に集まって来ている。

楽器をかかえたバンドのメンバーとすれ違う。生演奏はコストがかかるから、たいがいテープを使うのだが、今回は音楽にはりこんだ。

気楽な観客にすぎなかった学生のころ、私は、開幕直前の、音合わせが始まるときが好きだった。サックスやトランペットや、さまざまな楽器がかってな音をたて、それが、序曲への期待をかきたてる。

杏二の楽屋の扉を、私は、ついノックした。

無人のはずである。ノックの必要はないのだった。

ところが、

「どうぞ」

返事があった。

杏二がまだ楽屋に……。いや、杏二の声ではない。少し嗄《かす》れた声は、その主が杏二よりはるかに老いた男である事を思わせた。

扉を開けると、化粧前の椅子に腰かけた男の背が目に入った。

男の顔は鏡にうつっていた。七十にはなるだろうか。そそけた白髪が皺《しわ》の深い額に翳《かげ》をつくっている。上瞼《うわまぶた》は深くくぼみ、下瞼はたるんで嚢《ふくろ》になっていた。

男は振り向いて、

「どうも、かってに入りこんで」

私が咎《とが》める前に、かるく頭を下げた。

「懐しかったもので」

「この部屋が、ですか」

杏二の楽屋は、花で埋まっていた。薔薇《ばら》や胡蝶蘭《こちょうらん》や百合《ゆり》が溢《あふ》れかえり、椅子やテーブルの上にも花束やリボンをかけた贈り物の包みが投げ出されていた。

私は花束を一つどけて、椅子に腰を下ろした。

「前に、この劇場《こや》に出た事があるんです。楽屋は、この部屋でした」

役者か。顔にかすかに見おぼえがあるような気がしたが、名前は浮かばない。名を訊《き》くのは、プライドを傷つける事になるだろう。

「楽屋のにおいは、懐しいですよ」

そう言いながら、メークの道具に手を触れる。私は少し眉をひそめた。杏二は癇《かん》性《しょう》で自分の持物に他人が無断で触るのを嫌う。

私はこの老人を杏二の部屋から追い出さなくてはならないのだが、出て行ってくれと口にしにくい。老人は上機嫌なのだ。

「私はいま、たいそういい気分なんですよ」

老人は、自分から、そう言った。

「やりたいと思っていた事を、ついに、やりましたんでね」

この楽屋に入りこむ事か、やりたい事というのは？

「そうですか」

と、気のない相槌《あいづち》を、私は打った。

興味を示せば、向こうは、ますます図にのって腰を据えそうだ。

「何だと思います」

「は？」

「何だか見当がつかないでしょう」

「ええ、まあ……」

早く一人になりたいと、私は思った。しかし、時間をつぶすためには、この男の相手でもしていた方が、気がまぎれていいのかもしれない。一人では、開幕までの時間がもちこたえきれるかどうか。

「あなた、解き放ってやったんですよ、私は」

「解き放った？」

私は相手の言葉を芸もなくくり返した。

「衣裳蔵《いしょうぐら》がありましてね」

「衣裳蔵ですか」

そうくり返したとき、私は、子供のころ過ごした家を思い出した。

私の祖父は、名古屋に近い土地で興行師をしていた。

「衣裳蔵というと、芝居の衣裳をおさめた……?」

「そう、それです」

昔の芝居小屋には、舞台裏の楽屋と並ぶ一劃《いっかく》に、衣裳蔵と呼ばれる部屋があり、夥《おびただ》しい舞台衣裳がおさめられていた。名題《なだい》役者は、興行のたびごとに自前で衣裳を誂《あつら》えるが、下っぱの役者が使う衣裳は、衣裳蔵に揃《そろ》っていた。

私の家では、小屋は持っていなかったが、自宅の敷地の中に土蔵があり、そこに芝居衣裳を一通り収納してあって、地方公演に呼んだ役者に貸し出してやっていた。

祖父はたぶん興行に失敗したのだろう、私が小学校に上がったころは、もう、隠居し、父は堅気の会社づとめをしていた。肥料会社の経理課員で、芝居とはおよそ縁のない仕事であった。

父は、祖父を見て、芝居に関わる事の怖さを承知し、堅い道を選んだのだと思う。私は高校まで地元で過ごし、大学は東京の私大に進んだ。専攻は経済で、やはり演劇とは無縁のコースであった。

しかし、東京で舞台を見て、血が騒いだ。アルバイトに、ある芸能プロダクションの走り使いをし、そのまま、そこの正社員になった。

やがて独立し、小さいながら自分でプロダクションを設立するまでになったのは、やはり、祖父の血をひくせいだったろうか。

祖父は女好き遊び好きで、まだ学齢に達しない私を遊廓《ゆうかく》に伴ったりした。男は小さいときから遊びになじませた方がいいというのが祖父の考えだったようだ。

もっとも、私は、祖父のような粋人には育たなかった。遊廓も消滅したし、芸達者で遊ばせ上手な妓《こ》もいなくなったという事もあるが、堅物の父の血が私には混っていたからであろう。

「私はずっと居候をしていたのですがね」

と、老人は脈絡のたどりにくい話をつづけた。

「そこに衣裳蔵があるんですよ。あった、と言うべきかな」

「芝居に関係のある家ですか」

「ええ、そう。そうなんです。今はもう、何もやっちゃあいません。昔はね、地芝居の世話役なんかしていたらしいですよ。名優が着た衣裳なら、値のつけようもないほどの貴重品でしょうが、地芝居に使ったやつですからね」

「地芝居というと、地元の素人《しろうと》さんが」

「ええ、それ。素人芝居です。今は廃《すた》れちゃっています。だれも見向きもしませんよ。舞台にしたって、見物は露天で地べたに坐《すわ》って見る野舞台があったんですが、手入れもせずに放ってあるから根太《ねだ》が腐って、とうとう去年、とりこわされてしまいました。廻《まわ》り舞台までついていたんですが」

「ここの舞台に立った事があると言われましたが、歌舞伎のほうの方《かた》ですか」

「いえ、私は歌舞伎の素養なんてありゃしません」

男は少しはにかんだ笑顔で、歌手でした、と言った。歌い手でした。

江見杏二も、歌手である。私はこの男に、淡い親近感を持った。

私は、歌手を育て上げマネージメントするのを職業としながら、歌手というものに、何かあるいかがわしさをおぼえている。

「素養はないんですが、歌舞伎の衣裳、あの馬鹿ばかしいほど大袈裟《おおげさ》で嵩高《かさだか》いあれには、圧倒されますね。一人の人間の身を飾るのに、あんなヴォリュームが必要なんですかね。ことに赤姫ですとか花魁《おいらん》ですとか、あれはもう、衣裳の方が人間を超えた力を持っているんじゃないかと……。そう思いませんか。衣裳を着た役者が動いているのではない、衣裳が、役者の軀《からだ》をあやつり、動かしているんです」

「舞台の衣裳というものは、たしかに、歌舞伎とかぎらず、一種異様な力を持っていますね」

私はうなずいた。

子供のころ、わたしは、自分の家の衣裳蔵が怕《こわ》かった。そこに入る事を禁じられてはいなかったのだが、何かの理由で足を踏み入れると、大変な禁忌を破っているような罪悪感に捉《とら》えられた。

闖入《ちんにゅう》を拒んでいるのは、衣裳たちだった。

彼らは、たった今まで、葛藤《かっとう》し睦《むつ》み合い、彼らの生《せい》を生き、人の気配に、しぶしぶ折り畳まって棚におさまったというふうで、その息づかいさえ感じられた。

豪奢《ごうしゃ》な赤姫の打掛け、花魁の裲襠《しかけ》、中でも、滝夜叉《たきやしゃ》姫の凄《すご》みを帯びた色合の衣裳は、それを見るだけで私を怯《おび》えさせた。

滝夜叉姫は、叛逆者《はんぎゃくしゃ》平将門《たいらのまさかど》の娘である。

いまの歌舞伎では、『忍夜恋曲者《しのびよるこいはくせもの》』の外題《げだい》で一幕だけが舞踊劇として残っているが、本来は『世善知鳥相馬旧殿《よにうとうそうまのふるごしょ》』という長尺の芝居で、そのもとは、山東京伝《さんとうきょうでん》の読本《よみほん》『善知鳥安方忠義伝《うとうやすかたちゅうぎでん》』である。

京伝の読本を、祖父は幼い私に、しばしば読み聞かせた。子供だからとやさしく説き語るのではなく、原文のまま読み下すのだが、意味は充分に汲《く》みとれた。

将門滅亡の後、遺《のこ》された娘は髪を下ろして尼となり、仏につかえていた。異母弟をもやがて出家させるつもりであったが、弟は父の復讐《ふくしゅう》をしようと思いつめている。

そうして弟は、妖術で姉を変心させる。姉は数珠《じゅず》をひきちぎり、滝夜叉姫と名乗り天下を狙うが、多田満仲《ただのみつなか》の家臣大宅光圀《おおやみつくに》に本性を見破られ、官兵に包囲され、狂乱の中に憤死する。

この最後の、滝夜叉と光圀の件《くだ》りが、今日舞踊劇として残っている部分である。

南北《なんぼく》も、この素材を『金幣猿島郡《きんのざいさるしまだいり》』という芝居に仕組んでいるが、これは、死んだ将門が娘の滝夜叉に憑依《ひょうい》し、天下をくつがえそうとする、という趣向になっている。

今はとだえているこれらの芝居の台本も、古い和綴《わと》じのものが、祖父の手もとには残っていて、声色を混え、読んでくれた。口うつしに私はせりふを教え込まれ、祖父の相手をさせられもした。興行師の仕事からは足を洗っていたが、祖父は、私を相手に日常を芝居の色に染め上げるのを、たのしみの一つにしたのであった。

読本といい、芝居の台本といい、他愛《たわい》のない妖怪譚《ようかいたん》ともいえようが、衣裳蔵の中には、この錦絵草双紙の世界が、なまなましく息づいていた。

怕くてたまらないくせに、私は、滝夜叉の衣裳がきちんとたたまれていると、何だか息苦しいようで、のびのびと呼吸させてやりたくなるのだった。床にひろげてやり、とたんに、将門の死霊にのりうつられた滝夜叉が立ち上がるような錯覚に、ちりけもとがぞくっとして、明るい陽光の下に逃げ出したりした。それでも首すじに滝夜叉の手がのびるのを感じた。

もちろん、齢《とし》が長《た》ければ笑い捨てることのできる幼い怯えであった。

「歌手といっても、本格的に声楽の訓練を積んだオペラなどの歌手じゃありません」

老人は、話をつづけていた。

「まるで素人でした。まあ、どうにか楽器を扱えるのが友人のなかにいましてね、五人ほどでグループを作り、遊び半分、気ままにやっていたんです。遊び半分といっても、世に出たい、名をなしたいという野心は、かなり熾烈《しれつ》に持っていましたがね。ことに、私は」

「そうですか」と私は意味のない相槌をうった。

「私がヴォーカルにまわったのは、つまりは、楽器を何も扱えないでくのぼうだったからなんですが」

「それはご謙遜じゃありませんか」

私は言った。

ヴォーカリストに客を惹《ひ》きつける魅力がなければ、人気は出ない。

杏二を見出したときの昂《たかぶ》りを、私は思い出す。

二十三年前。私は、浪人と留年で二年遅れた大学の最終学年で、就職を決めねばならず、アルバイトをしていたプロダクションから入社をすすめられ、迷っていた。

見た目に華やかなこの世界の裏を、なまじ早く見てしまったために、浮き浮きととびこむ気にはなれなかった。しかし、捨て難い魅力もあった。

結論を下す前に、私は、実家に帰った。

祖父はすでに他界していたから相談できないし、両親の意見をきく気もなかったのだが。

久しぶりに、私は衣裳蔵に入ってみた。以前はむき出しのまま棚に積み重ねてあった衣裳は、幾つもの長持におさめられていた。

長持の蓋《ふた》をとると、防虫剤のにおいが鼻をついた。私は積み重ねられた衣裳の間に両手を差し入れた。

その翌日、私は高校時代の友人に会いに名古屋へ行った。夜、友人に誘われ、小さいライヴハウスに入った。私が芸能プロダクションに関係しているのを知っている友人は、そこに出演しているアマチュアに近いグループをひき合わせ、あわよくば売り出してほしいという心づもりであった。グループの中に、友人の弟が加わっていたのである。

十六、七の少年たちによるバンドが、同じ年ごろの客を相手に、演奏していた。

友人の弟は、ギターを受け持っていた。

熱っぽいだけが取り柄の下手《へた》くそな演奏。客の数もあまり多くはなかった。しかし、ヴォーカルの少年が、その数少ない客をあやつっていた。

客を沸きたたせ陶酔させ狂わせるカリスマの力をこの少年が備えている事を、私は見てとった。訓練や努力とは無関係な天与の才。スターになるためには、まず、それが必要だ。技巧は後からついてくる。

私は、幼い観客たちのように、彼の性的ともいえる吸引力に溺れはしなかった。冷静でしかも狂熱を秘め持った伯楽《はくらく》の眼で、私は杏二を値踏みしていた。

その夜は友人の家に泊まったが、私は、そこからプロダクションの社長の自宅に電話を入れた。社員が七名の、小さい組織である。社長といっても雲の上の存在ではなかった。

入社の決意を告げると共に、名古屋で発見したスターの卵を土産《みやげ》に連れ帰る、と言った。

ぼくの眼《め》を試してください。杏二が気に入らなかったら、ぼくもろとも馘首《くび》にしてくださって結構です。

自信があった。

社長は少し迷ってから、よし、連れて来い、と応じた。

杏二は欲しいが、他のメンバーはお荷物になるばかりだ、と私は思ったが、杏二を無理に引抜いて他の水に移し替えた場合、のびのびとした魅力が半減するかもしれないという危惧があった。

メンバーぐるみ、少年たちは上京してきた。

同じような少年グループによるバンドが群生しつつある時期だった。楽器好きの仲間が集まって自然発生的にできあがったものと、プロダクションなどが人為的に合成したものが入り混っていた。

いずれも、少女歌劇の舞台衣裳と見まがうような、装飾過剰のユニフォームを着け、演奏の能力や歌唱力は、素人と大差ないものばかりであった。ビロードやサテン、フリル、レース、あるいは金モール、そんな衣裳を着こなせる少年はほとんどおらず、にきび面《づら》の中学生が学芸会でロミオをぎごちなく演じているといった風態《ふうてい》だが、幼い観客は彼らに夢の王子を重ね合わせ満足していた。

プロダクションが借りている稽古場で、社長は、杏二たちに試演させた。バンドの少年たちは、緊張して出をまちがえ音をはずした。

しかし、その中央にマイクを持って立った杏二は、不思議な感覚を私に与えた。

彼は、薄い透明な殻の中にいるように見えた。その殻は強い磁力を放っていた。

観客を磁場にたぐりこみ引寄せながら、彼自身は、観客に自分を明け渡していない。

言葉で説明すれば、そんなふうな感じであった。

熱っぽい唱《うた》いぶりであった。多くのグループのヴォーカリストがそうであるように、杏二も、マイクを小道具のようにあやつり、跳躍し、踊り、絶叫した。それは彼の独創的なものではなかった。先行するグループのやり方を、彼もまねていた。

舞台に立てば、おそらく、少年や少女で形成される観客を巻き込み、総立ちにさせる迫力は充分にあった。客たちは熱狂したがっているのだから、彼らを爆発させるのは、わずかな刺激で足りた。

それで充分なのだった。杏二は、商品になる。

しかし、それ以上の——あるいは、それ以外の、というべきだろうか……何か余分なものが、杏二にはあった。目には見えぬ、非在でありながら存在する殻。

熱唱しながら、その中に杏二は、自らを閉ざしていた。

たいがいの歌手やタレントは、もっと開けっぴろげなのだ。観客と肌をこすり合わせるような舞台を見せるものだ。

透明で弾力性のある殻、もちろん、比喩として私は言っているのであり、他に表現の言葉を知らないのだが、それが、彼の人気にプラスになるのかマイナスになるのか、そのとき、私にはまだわからなかった。しかし、彼の魅力は、その透明な皮膜が欠かせぬ要素になっていると、直感した。

彼は、稽古場に折り畳み椅子を並べ見まもっている社長や私たちに、手をさしのべ、身をよじり、唱った。

烈《はげ》しく跳躍しながら、彼はほとんど汗をみせなかった。少し小麦色の肌が薄く血の色を帯び、滑らかさを増した。

ライヴハウスで見たときより、彼は、いっそう烈しく、いっそうしなやかであった。

稽古場には、ライトはなかった。観客の歓声もなかった。それらが加わったら、杏二の歌は圧倒的な迫力を持つだろう。

そのとき、私がふと連想したのは、調教師にあやつられるサーカスの野獣であった。彼らはさまざまなスリリングな芸を見せ観客を昂奮《こうふん》させるけれど、決して、客に媚《こ》びはしない。杏二が、一度も笑顔を見せない事に、私は気づいた。

彼らのユニフォームのデザインは、かなり高名なファッション・デザイナーに一任された。ゲイと噂《うわさ》のあるデザイナーは、杏二とそのグループのために、たっぷりした袖と衿《えり》飾りのついた白いブラウスだの、緑色のビロードのヴェストだのを考案した。

それまでシャツとジーンズでライヴハウスなどに出演していた彼らは、童話の口絵のような服をまとわされ、今、私が楽屋にいるこの劇場に、初出演した。他の同じようなグループとの競演であった。

デコレーション・ケーキめいた衣裳は、杏二の魅力をいくぶん殺していた。

バンドのメンバーには、薄墨色の目立ない服を着せ、杏二は半裸に鉄鋲《てつびょう》を打った革ベルトを胸から背に襷《たすき》がけにさせ、カウボーイのようなズボンを着けさせたい、と私は思ったが、デザイナーの顔をつぶせるほどの力は、新入社員の私にはなかった。

杏二の裸身は、きわめて逞《たくま》しくしかもしなやかであったのだ。この美しい裸身こそ、最良の衣裳だ。

しかし、観客の年齢層や好みを思うと、それはいささか刺激的過ぎる、というのが社長の考えであった。ローティーンの女の子たちは、男の性があまりにむき出しに迫ると目をそむける。性に被《かぶ》せる糖衣が必要なのであった。

甘ったるい衣裳で牙《きば》を鈍らされながら、杏二は、公演の度ごとに、頭角をあらわしていった。

私は、彼の日常及び過去を、徹底的に韜晦《とうかい》させた。これは、人気獲得の点で、不利な手段ではあった。

昔、スターは特殊な存在であり、普通の人々とのあいだには越えがたい深淵《しんえん》がうがたれていた。今とは正反対なのだ。

杏二に、かくさねばならぬ過去も日常も、なかった。

彼の父親は青果商、つまり八百屋であり、彼はその、できのよくない次男坊だった。歌に夢中になったり、アマチュアバンドを結成したり、それらは、たまたま世間に名前が売れれば、すばらしい事のようにみなされるけれど、栄光が伴わなければば、餓鬼の道楽と親や教師の顰蹙《ひんしゅく》を買うのだ。

私は、杏二がファンから親近感を持たれるタレントでなくてよいと思った。近ごろではめったに見られない、〝選ばれた特殊な存在としてのスター〟である事が、杏二にはもっともふさわしかった。

どこにでもざらにいる、ちょっと不良っぽい、ちょっといかす男の子。杏二は、そうではない。というより、そんなものに甘んじさせてはならない。

杏二自身が、無口な性格であった。私がことさらガードしてやらなくても、杏二はマスコミやファンに、プライヴェイトな部分を曝《さら》すのを嫌った。

高慢、生意気、そういう評判が杏二についてまわるようになった。しかし、人気が急上昇しているときは、そんな評も、命とりにはならない。そうして、人気というものは、加速度がつく。本人や周囲の思惑を超えて、過熱してゆく。杏二ばかりではない。ヴォーカリストを中心においた少年たちのグループ演奏というスタイルが、流行の絶頂に迫りつつあった。その頂点に、常に、杏二がいた。

舞台の外でも、他人に心を開かず、透明な殻を被っているような杏二だが、私にだけは、わりあいよくなついた。最初に彼を認め声をかけたのが私だったというためばかりではない、何か感覚に共通したものがあるのを、杏二が感じとっていたのだろう。

グループ演奏の人気は、そう長くは保《も》たないだろうと、杏二はファンの歓声の渦中にありながら、早くから私に言っていた。

私も同感だった。

流行が最高潮に達したその瞬間から、グループ演奏の人気は急激に凋落《ちょうらく》し始めた。解散するグループが相次いだ。数年の寿命であった。

メンバーは少年の俤《おもかげ》を失い、少女歌劇のような衣裳は滑稽《こっけい》感を与え始めていた。

杏二のグループは、杏二の人気のおかげで命脈を保っていた。私と杏二は脱皮策を真剣に考えた。

杏二は、実力のあるバンド、実力のある歌手として大成する事を考えていた。

私は、バンドのメンバーはしょせんアマチュアだとしか思っていなかった。私の眼中にあるのは、杏二ただ一人だった。

本格的な楽団をバックに、私は杏二を単独で立たせた。杏二のグループはまだ解散はしてはいなかった。

かねがね考えていたように、私は杏二から甘ったるい衣裳を剝《は》ぎとり、半裸を客の眼に曝させた。それまで、安全牌《パイ》としか杏二を見ていなかったファンがどういう反応をみせるか、賭であった。杏二は二十《はたち》を越えていた。そうして、彼のファンもまた、年齢が高くなってきていたから、彼が見せた野性的な雄の姿は、従来のファンを沸かせた上、新しいファンも獲得した。

私は、社長を説き付け、もう一つの賭に出た。

映画に出演させたのである。それも、歌を封じ、演技者として。

杏二の歌唱力を、私は、それほど認めてはいなかった。歌手としての人気が衰えたとき、演技者としての道を進めるよう、布石を敷いておく必要があると思った。

しかし、こちらの賭は失敗だった。杏二には何か独特の雰囲気はあるが、演技力はゼロに近かった。せりふには訛《なま》りがあり、ラヴシーンの拙劣さに、ラッシュを見ながら、私は失笑した。

映画は、舞台のような詐術が効かないのだという事を、私は痛感させられた。

きらびやかな虚構の衣。それが、杏二には必要なのだ。

映画は失敗したが、杏二を単独で望む舞台公演は増えた。

グループの解散は必至だった。始めのころはアパートで共同生活をしていたメンバーも、この頃はそれぞれ独りで住むようになっていた。

深夜、私は、電話のベルで叩《たた》き起こされた。相手が誰だか、とっさにわからなかった。ひどくゆったりしした、ろれつの廻らない声が、西賀さん、おれ、死ぬらしい、と言っているらしいのだ。

悪戯《いたずら》電話かと思ったが、次の瞬間、全身が冷たくなるような気がした。ラリっているが、杏二の声にまちがいない。

すぐに行く。私が言うと、＊＊の、と杏二は言いかけ、その語尾が細くなり、消えた。
＊＊というのは、グループのメンバーで、ドラムをやっている男の名だ。
＊＊の……。その後につづく言葉は、何なのか。
私は、とにかく服を着替え、車のキーと財布をポケットにつっこみ、マンションの地下の駐車場に下りた。

車を杏二のマンションに向けた。

死ぬらしい、とはどういう意味なのか。急病か。——それなら、おれのところに電話をかけるより、まず先に一一九で救急車を呼べばいいのだ。おれを呼んだというのは、公にしてはまずい事情があるからだ。マリファナの吸いすぎか。

杏二は、マリファナをときどき娯《たの》しんではいた。しかし、大量に吸ったからといって、いのちにかかわりはしない。幻覚の中にいて、おれを呼んだのか。

睡眠剤や覚醒剤は、やってはいないはずだ。

車を走らせながら、〝＊＊の……〟と言いかけたのは、＊＊のマンションにいる、と言おうとしたのではないかと思いついた。
＊＊が、いくぶん倒錯した感情を杏二に対して持っている事に、私は気づいていた。しかし、事がスキャンダルとしておおっぴらにならないかぎり、彼らの間に何があろうと、私には関わりのない事だし、積極的に関わるつもりもなかった。陰の倒錯は、杏二の舞台に妖しい翳《かげ》りを添え、彼の魅力を増しているのかもしれない。だが、それが赤裸々になっては困るのだ。彼のファンは、アクセサリーとしての倒錯的雰囲気は許しても、根はきわめて〝あたりまえ〟な連中なのだ。
ともあれ、私は、杏二のマンションに、まず駈《か》けつけた。窓は暗かった。エレベ

ーターで七階に上り、扉の脇のブザーを押した。返事はない。扉は施錠されていた。

あまり騒ぎ立てるわけにはいかない。もう一度階下《した》に下り、近くの公衆電話で、杏二のところにかけた。発信音が鳴るばかりだ。

いったん切り、＊＊のところにかけ直した。

十数回鳴り、切ろうかと思ったとき、発信音がとぎれ、向こうのかすかな息づかいが聞こえた。
＊＊か?
西賀さん。

杏二のひどく弱々しい声が応えた。

そこにいたのか。すぐに行く。ドアの鍵を開けておけ。

動けない。

何か飲んだのか。吐け。

斬られた。

声は消えた。

私は制限速度を無視した。

＊＊のアパートの前に駐《と》め、階段を駈け上がった。足音をぬすむ心くばりは忘れなかった。

ドアはノブを廻すとすぐに開いた。戸口に杏二が血溜《ちだま》りの上にうつ伏せに倒れていた。這《は》って来て鍵を開けるのがせい一杯だったのだろう。

傷口は腿《もも》だの肩だの腕だの数箇所あり、服が裂けていた。腿と腕は布で縛ってあったが、どう血止めをしていいかわからなかったのか、のどに近い肩口などは、傷が紅《あか》く開いたままだ。幸い動脈ははずれたとみえ、血は凝固しかかっていた。

よく知っている医者がいる。その医者なら、事を荒立てず、内密に処置してくれるだろう。下手《へた》に私が動かして、また出血を促す事になってはいけないと、私は、電話機のある奥の部屋に足をはこんだ。そこに、＊＊が、これはのどを裂いて血にまみれ絶息していた。

私は、社長に電話で連絡し、それから、一一九と一一〇番の両方に電話した。最悪の状態であった。

グループのメンバーがしかけた無理心中。杏二の独立とグループの解散がひきがね。

芸能週刊誌などの好餌にならないわけがなかった。

私は、杏二がいじらしかった。大量の失血が死につながる事を予感しながら、スキャンダルを起こすな、という私の日頃の言葉を守って、ひたすら、私が来るのを待っていたのだ。何をおいても、彼の再起に全力を尽そうと心を決めた。

ところが、社長は、杏二をプロダクションから離籍させる事にした。丁度、プロダクションは、ある新人歌手の売り出しにつとめている時であった。ダーティーなイメージがプロダクションにつきまとう事を、社長は嫌ったのである。

私は、ただちに杏二と行動を共にすべきだった。しかし、この事件の一年前に私は結婚し、事件の直前子供が生まれたばかりであった。家族への責任が、私の自由な行動を阻んだ。

私は逡巡《しゅんじゅん》した。

いま、プロダクションを辞め独立しても、私にはまだ何の力もない。杏二と共に没落するばかりだ。

あと数年、時を藉《か》してほしい。実力をつけ、自分のプロダクションを設立したら、杏二を迎え入れる。私は、杏二にそう言った。

腕の傷痕を金属のブレスレットでかくした杏二は、何も言わなかった。

プロダクションを移籍した杏二は、マイナーな場所で、これまでとは違うファンを獲得し始めた。倒錯的な無理心中の被害者となった事を、スキャンダルとは受けとめない人々であった。

私は、時折、地下の暗いスペースなどで、妖しい女装で歌う杏二を観《み》た。

二十一から三十二、三まで、およそ十年を、杏二は、地下の歌手として過ごした。

その間に私は独立の準備を進めていた。

三十九歳で、私は独立した。その頃、杏二に陽《ひ》が当たり始めていた。

かつてのプロダクションの社長は、いったん杏二を切りながら、彼から目を離さないでいたらしい。

杏二には、いくぶん高踏的な評論家とか画家、音楽家などのファンがつき、彼らが、ときどき、杏二をとり上げ、褒《ほ》めた。

大新聞社系のグラビア誌が、彼の特集を組んだ。

そのあたりから、メジャーの眼が杏二に注がれ始めた。

かつての社長は、機が熟すのを見て、すかさず、杏二のリサイタルを計画し、プロデュースし、宣伝も大々的に行なった。

マスコミは杏二を不死鳥と謳《うた》った。

私は、出遅れた。

社長のプロデュースによる杏二のリサイタルは、私には満足のいかないものだった。

せっかく、不遇な暗闇の場所で杏二が発光させ始めた妖火の魅力を、社長は毒を薄め、口当たりのいいデコレーション・ケーキに変えようとしていた。その方が、大衆のファンはつくかもしれない。本物の毒は、彼らには強すぎるのだ。

無害な人気タレントとして、杏二はテレビにも顔を出すようになった。

私は、内心焦った。砂糖菓子になり切ってしまったら、次に来るものは、決定的な凋落だ。

そうなる前に、私は、高踏的なファンも大衆も、双方を堪能《たんのう》させる舞台に、杏二を登場させたいと、だいそれた事を考えていた。それは、私の念願であった。

私は、幾つもの公演を企画プロデュースし、少しずつ地歩を固め、西賀のプロデュースならと、劇場資本側に安心感を持たせるようにつとめた。どれほど批評家に褒められようと、赤字公演では、失格である。

杏二は結婚し、笑顔の写真が週刊誌のグラビアを飾った。私は式に招《よ》ばれたが、口実をもうけて出席はしなかった。

杏二に少し遅れながら、ようやく私も大劇場から企画制作の話が持ち込まれるようになった。

長い間、私は一つの企画を心の中であたためていた。滝夜叉を楽劇化しようというのである。杏二のための、とっておきの役であった。

ひところ、地下の小さいスペースで、女装で歌ったが、杏二はとうに、その倒錯した衣裳を捨てていた。ことにテレビに出たりするようになってからは、ごく市民的な顔を、素顔として曝す事もあった。

その素顔めかした仮面は、私を苛立《いらだ》たせた。杏二は、三十九になっていた。下腹の出た、凡庸な四十代のおやじ。そんな明日《あす》は捨てろと、私は杏二に言った。舞台で咲く毒の花は、四十代でこそ絢爛《けんらん》とする。

舞台は、開幕の一瞬が勝負だ。見物の気持を、まず、舞台の世界にひきずりこまねばならぬ。どんなあざとい手を使っても。そう、私は思うようになっていた。あざといけざやかさで、杏二の日常的な仮面をひきはがし、陶酔的なあの異様な感覚を甦《よみがえ》らせねば、私の舞台は腑抜《ふぬ》けたものになる。

この劇場から公演プロデュースの話が持ち込まれたとき、私は、滝夜叉の楽劇化を提案した。

滝夜叉は、女優では演じられない。と、私は言った。

歌舞伎の舞台であれば、当然、女形がつとめる。男が扮《ふん》する女でなければ、滝夜叉姫の妖美は表現できない。

しかし、現代音楽にのせようというのである、歌舞伎役者の女形でも、また、私の楽劇の滝夜叉は無理だった。

杏二に滝夜叉を、という私の提案に、本格的な演技はできないだろう、と劇場側は危ぶんだ。

新劇のような写実的な演技力は必要ない。

せりふも、ほとんど喋《しゃべ》らせない。

脇を達者なバイプレイヤーで固める。

女でありながら女を超えたもの。人でありながら人を超えたもの。存在する事によって、観客を異界にひきいれるもの。劇場の空間を無限の魔界に変貌させるもの。

それが、私の滝夜叉姫なのだ。

今の、三十九歳の杏二以外に、そのものになれる役者はいない。杏二自身が、本質的に、そのものなのだ。

腹案は、私の中でほぼできあがっていた。脚本、作曲、衣裳、舞台装置、それぞれ、この人なら、私のイメージを的確に形にしてくれるだろうと信頼のもてるスタッフを、かねがね考えていた。

もっとも、理想どおりのスタッフを組みキャスティングをする事は困難であった。向こうにも仕事の予定がある。ことに、キャスティングは、劇場側の希望を大幅に容《い》れなくてはならなかった。

舞台装置の基本的なモチーフは、相馬旧御所である。滝夜叉と大宅光圀との出会い、という歌舞伎の舞踊劇の構想を核とし、舞台は、時間と空間を自由に往《ゆ》き来して、将門の遺児滝夜叉姫の、絢爛と妖しい復讐譚が展開するのである。廃墟《はいきょ》のような旧御所は、華やかな御殿となり、滝夜叉が手下を駆使する湖上の帆船となり、血なまぐさい戦場ともなる。しかし、必ず、旧御所の枠組を観客の眼に見せておかなくてはならない。

江見杏二が女形の役どころである滝夜叉を演ずる。このキャスティングはマスコミの大きな話題になった。他に騒がれるようなトピックがなかった事も幸いし、今日、初日が開くまでに、前評判は充分に盛り上がっている。

──もう、幕が開くころなのだが……。

開幕五分前のベルを聴いて、この杏二の楽屋に入ったのだ。舞台の進行状況は、スピーカーから伝わってくる。まだ序曲も始まっていないようだ。

「……で、私は、捉われている衣裳を皆長持から出してやりましてね」

老人の声が、耳に入った。

「一枚一枚に、火をつけてやったのです。そうして、窓から空に放《はな》ってやりました」

大きい身振りを、老人は混えた。

「衣裳は、鳳凰《ほうおう》のように、極楽鳥のように、孔雀《くじゃく》のように、翔《と》び立ちました。ああ、あなた、どんなにすがすがしい気分になりました事か」

「衣裳を……。そうですか」

上《うわ》の空で、私は応じた。耳は、スピーカーから聴こえる音に向けられている。

静かに、弦楽器が主題の旋律を奏ではじめる。管楽器が加わり、ピアノが加わる。ドラムが鳴りひびき、拍手と歓声が上がった。客席はまっ暗なはずだ。三階客席の端にスポットがあてられ、滝夜叉が宙乗りで浮かぶ。客の頭上を越え、まだ闇の舞台に向かって斜めに下降してゆく。舞踊劇の滝夜叉は、花道のスッポンからセリ上がってくるのだが、歌舞伎のそれとは別のものであると強調する意味もあって、宙乗りで登場させる事にした。明治座などと違い、宙乗りの恒常的な設備はない。この舞台のために、特にワイヤを張った。軀を吊《つる》しているワイヤが客の目にうつらないよう、特別な工夫がこらされた。宙を翔ぶと、客には錯覚させたい。

スピーカーを通じて、歓声が高まる。

「私の代りに、衣裳の鳥は、飛翔《ひしょう》しました」老人の声が耳を掠《かす》めた。「私は、翔べないのです」

翔ぼうとして、墜《お》ちました。老人の声に、歓声が悲鳴絶叫と変って、重なった。楽屋をとび出そうとする背に、老人の声が、

私は、翔べないのです。翔ぼうとして、墜ちました。足と腰をひどく痛めましてね、それで舞台を退《ひ》いたのです。

「西賀さん、杏二さんが……」

廊下に出たとたん、鉢合わせした舞台監督が、切迫した声で告げた。

「わかっている」

「丁度、中央の通路のあたりで、ワイヤが……」

私はいい気分なんですよ。衣裳を、火の鳥に……空に……本当にのびやかな……

老人の声は、背後で切れ切れに遠のく。

「で、杏二は？」

舞台監督は、首を振った。両手も、いっしょに振ってみせた。

老人の腕に嵌《は》められていた金属のブレスレットが、私の眼裏《まなうら》で光った。

あり得たかもしれないもう一つの未来から、立ち戻ってきた杏二なのだな、あれは、と私は思った。

昨日の舞台稽古で、私は思い知らされた。杏二は、かつて持っていたすべてを、失っていた。仰々しい衣裳やメークは、杏二をこけおどしの化物人形にするだけの効果しか持たなかった。

私は、ワイヤに細工した。

その行為を、許すと言いに来たのか。

そう思いながら、杏二の骸《むくろ》が横たわっているであろう客席に、私は足を早めた。

翡翠忌

ひすいき

1

「あなた、見たことあって」

「何を？」

「いやァね」千鶴《ちづる》は、険のある声をだした。

「いま、言ったじゃないの」

「聞きそびれた。何だい」

深々と吸った葉巻の煙を、山尾《やまお》は、唇を少しつぼめるようにして、はく。漂う煙をなかば放心した目で追っていると、

「もう、よくてよ」

少しもよくないのは、わかっている。機嫌を直させるのに、ひと苦労しそうだ。

窓際に、千鶴はよりかかり、ガラスのむこうに目を投げている。

部屋は薄暗く、千鶴の頬の老いをほどよく隠している。目尻と言わず、顎《あご》と言わず、老残の皺《しわ》が、八十を越えた齢《とし》をあきらかにしているのだが、くるぶしまで隠れ

る薄青い部屋着をまとった、すらりとした立ち姿を後ろから見れば、三十五、六といっても通る。柔らかい髪をかきあげたうなじに色気さえまつわる。

舞台では、三十代どころか、十七、八の小娘にも化け、違和感を客にあたえない。お化け浦上《うらがみ》と、劇団の若いものたちは陰で呼んでいる。

山尾は、年相応に、老いた。十二年上の浦上千鶴の相手役を二十代からつとめ、——これで、何十年になるか……、あらためて数えてみる。

「床に灰をこぼしちゃァ嫌よ、あなた」妻が夫によびかけるような〝あなた〟は、千鶴の口癖だ。舞台で夫婦役、恋人役を重ねたための癖なのだろうか。

絨毯《じゅうたん》は、新調である。去年、この横浜郊外の新しいマンションに、浦上千鶴は転居してきた。

八十を過ぎて、いまさら引越もおっくうだろうにと、まわりが呆《あき》れたのだが、浦上千鶴は、劇団の若手を総動員して、荒仕事にこき使い、新居に落ちついた。

五階建の最上階、ワンフロアの半分を占め、三十坪ほどのひろさは、ひとり住まいにはてごろな大きさだ。家事の手伝いに、小島《こじま》という女が、週に二度ほど通ってくる。ひとりのときにからだのぐあいが悪くなったらと、だれしも案じるのだが、年寄扱いして機嫌をそこねるのが嫌さに、口出しするものはいない。

周囲のものに、こまやかに気遣いされるのを、千鶴は好んでいるのだが、彼女がもとめる以上の干渉は、逆鱗《げきりん》に触れる。

高層ビルではないけれど、高台にあるので、見晴らしはすぐれている。低地をへだてて向こうの丘陵が見わたせる。

あの一帯は〈森林公園〉というのよ。あれが気に入ったから、引越す気になったの。

そういう千鶴の口調に、わずかに、弁解がましいものを、山尾は感じた。長い歳月をともにした彼でなければ気づかないような、かすかな気配ではあったのだが。森林公園が気に入ったというのは事実なのだろうが、それだけではなさそうな……と彼はかんぐり、しかし、好奇心は抑えた。もう少し若いころなら、確かめずにはいられなかっただろうが、わずらわしいことは避けたい年に、彼は、なっていた。十二年上の千鶴より、はるかに気分は老け込んでいる。舞台も、新作に挑戦し、新しい台詞《せりふ》をおぼえるのは、つらい。これまでに手慣れたレパートリーをくりかえしている。

千鶴は、これまで住んでいた永福町の持家を売り払い、新居の購入費にあて、そのほかに、都心のワンルームマンションを仕事場にした。仕事場には人を呼びつけるが、この新居には引越が終わったとき、一度、劇団の主だったものをよんで披露しただけで、その後は、だれも招かない。山尾は、昨夜とつぜん、かってに訪れた。次の公演の稽古がはじまるのは二月先で、千鶴も山尾も、からだがあいている。どうしたのよ。千鶴は、声をとがらせながら、さすがに、玄関ばらいもせず、居間に通した。

この沿線に知人がいてね、たずねたんだ。その帰り道、あんたの新しい住まいがこっちだったなと思い出して、気まぐれさ。夕食はすんでいる。何もご造作《ぞうさ》はいらないよ。

もてなしなんて、言われたってする気はないわよ。あなたの好きな日本酒だって置いてないんだから。

千鶴さんは、ワインさね。わかっています。ぼくは、べつに和洋にこだわらないの。アルコールでありさえすれば。

もう、ずいぶん入ってるじゃないの。あげませんよ。

つれないことを。

口ほど意地悪ではなく、千鶴はグラスをととのえた。

手酌でお願いしてよ。さしつさされつなんて、まっぴら。

でも、千鶴さんもやるだろ。

かってにやるわよ。

邪険に言いながら、ワインの相手がいるのが不愉快ではないらしいと、山尾は感じた。

ちょっと、圭《けい》さん、寝込んじゃっちゃ嫌よ。タクシーを呼ぶから、もう、帰りなさいよ。

無線タクシーだろう、千鶴が電話をかけ、あら、ないの、やだわねえ、おたく、いつだって、空車がないんだから。もっと台数ふやしなさいよ。応対の声を聞きながら、快く寝入った。

めざめたとき、ソファに横になっている自分に気づいた。毛布がかけてあった。強引に泊まり込んでしまったのだな。そのくらいの我儘《わがまま》は許されていいと、山尾は思った。ひところは、ベッドをともにしていた。からだの関わりはなくとも、長い困難な戦いをともにたたかってきた同志であることには変わりない。

腕にはめたままの時計を見ると、十一時に近い。ほんの少ししか眠らなかったのだなと思い、しかし、もう一寝入りするには、目が冴《さ》えすぎている。

お早うと声をかけた千鶴は、うっすらと化粧していた。

お早う？

ずいぶんよく寝ていたわ。邪魔だから起こそうかと思ったんだけど。

あんたは宵っ張りなんだね。いつも何時ごろ寝るの。

あれから、じきに寝たわよ。

え、だって……。

時計を見直した。

いやだ。何寝ぼけているのよ。夜中の十一時とまちがえているんだ。ばかねえ。

顔洗うんだったら、洗面所は、そっちよ。でも、客用の歯ブラシはないから、指に塩つけて磨いといて。タオルはねえ、貰《もら》い物の新しいのがあったな。これだから、泊まり客は、やなのよ。その戸棚あけてみて。薄い箱があるでしょう。それ、タオルよ。使っていいわ。

毛布、畳んでおいてよね。今日は、せっちゃん来ない日なんだから。

せっちゃんと千鶴が呼ぶのは手伝いに通ってくる小島節子《せつこ》のことで、もと、劇団に在籍していた。役がつきはじめたころ、既婚の男と関係し、男を離婚させ、結婚した。男に充分につくしたいと、退団したが、一年で別れ、しばらく消息が知れなかった。家政婦をしていると、四、五年前、節子のほうから千鶴に連絡してきた。劇団にもどる気はまったくないようなので、ひとり住まいの千鶴は、ときどき家事をたのみ重宝していた。新居に移ってからも、節子の手助けをかりている。

暗いからさ、まだ夜中かと思った。

千鶴は、カーテンを引き開けた。それでも、薄暮のような薄暗さだ。

空が重いのよ、今日は。

言いながら、千鶴は、窓のそばにより、ガラスに額をおしつけた。

山尾が洗面所で口を濯《すす》ぎ、顔を洗ってもどってくると、千鶴は、まだその姿勢のままでいた。山尾はソファにくつろぎ、葉巻に火をつけたのだった。

「あなた、見たことあって」

2

「翡翠《かわせみ》なの」

千鶴は言った。

「ほう翡翠ね」

「鸚鵡《おうむ》みたいに、くりかえさないでよ」

あそこにいるのよ。薄墨色の窓外を千鶴はさした。

「あなたには話したくないわ。見当はずれな、いらいらするような返事しかできないんだもの」

あそこにいるの。じれったそうに、千鶴は長い爪の先でガラスを叩《たた》く。

「わたしは見たことないわ。あの人は、見たんだって」

あの人って？　口からでかかったその問いを、山尾は抑えた。来客の用意はないと千鶴は言ったが、洗面所には歯ブラシが三本あった。タオルも、三枚ならんでバーにかかっていたのだった。

「住んでいるアパートの名前が、翡翠《ひすい》荘だって。〝名前だけは、たいそうな安アパートです〟そう言ったのよ」

山尾は、千鶴がしゃべるにまかせた。へたに言葉をはさめば、千鶴は、口をとざすだろう。千鶴のくちもとは、かすかに、アルコールのにおいを漂わせる。昨夜は山尾ばかりが深酔いし、千鶴はあまりたしなまなかったようなのに、今日は昼間から、飲んでいたのか。老いをさらし寝入っているおれの姿が、千鶴の寂寥《せきりょう》感を強めたのではないか。山尾は、そんな気がした。居間のテーブルの上に、昨夜のワインの壜《びん》とグラスは置かれたままであった。

「〝ヒスイね。カワセミと、字面はおなじだ〟わたしはそう言ったわ」

台詞を朗誦《ろうしょう》するように、千鶴は言った。

住宅地として荒らされる前、この一帯は、白樫《しらかし》の巨木が鬱蒼《うっそう》と繁《しげ》る丘陵と渓谷の地であった。

一郭が、公有地であることが幸いして、ブルドーザーを逃れ、森林公園として残された。それでも、舗装路をつけたり、無粋な休憩所をもうけたり、当局としては、工夫をこらして〈公園〉の体裁をととのえたつもりらしい。

「散歩していたのよ。雨のなかを、例の不眠症でね、運動しなくちゃいけないと……。運動といったって、歩くぐらいしかできないじゃない」

自然の細流《ささなが》れに少し手をくわえ、湿地に八橋ふうの板を渡して遊歩道にして、途中に東屋《あずまや》があったの。そこに、いたのよ。

蜩《ひぐらし》が夏の凋落《ちょうらく》を知らせるのに、秋というには、まだ未練がましい名残《なごり》の夏の気配。こういうときは気分もどっちつかず、

『宙吊《づ》りのおぼつかなさを、もてあましているんだね』

話しかけたわ。

『しゃっきりおしよ』

『え？』彼は目をあげたわ。

『だからさ、何をしょぼくれているの、というの。じれったい。十二、三の女の子なら、細雨《こさめ》に肩を濡《ぬ》らしながら公園のベンチにたたずむ自分にちょっとナルシシズムを感じたりするだろうけれど、たしか、二十九だったよね』

『よくご存じなんですね』

「それが、出会い？」

「出会いなんて、安っぽい出来合いの言葉、使わないで」

「あいかわらず、姫君は気難しくおわす。それが初対面？」

「気のきかない台詞。引き下がりなさいよ、いいかげんに。無線タクシー呼ぶわ」

　そう言いながら、立ち上がろうとはしない。

　大事なものを、隠したいと同時にみせびらかしたくもある矛盾した気持をもてます子供と、千鶴は、同じだ。

　山尾は、気のない顔で待つ。

　千鶴の扱いはよく心得ている。

『ここで、ぼく、翡翠《かわせみ》を見ました』

　彼は言ったわ。

『水辺の鳥だからね』

『小さい倖《しあわ》せのかけらが、流星のように。昼の流星でした。真昼にみる夢でした。

　ヒスイと同じ色をしているから、同じ字を、ヒスイと読ませカワセミと読ませるのですね』

『わたしも、ときどきここに来るけれど、翡翠を見たことは一度もない。あんたは運がいいんだよ』

『あなたは、ご自分が翡翠ですから』

『気のきいたことを言ったつもりかい』

そう言ったとき、千鶴は、ちらりと山尾に目を向けた。このくらいの台詞は、作者がいなくても言ってごらんな。そう言いたいのだろうと、山尾は思った。

それにしても、八十過ぎた老女を、翡翠とは、気障《きざ》な台詞も度がすぎる、と思ったが、顔にはださない。

『あなたの舞台を思い出しているんです。娼婦《しょうふ》のなれのはて。アル中。気品のある、愛らしい女をよそおって……。服を脱ぎ捨て、薄青い下着一枚になる。艶《あで》やかでした。華奢《きゃしゃ》で、いとおしくて、お年をかんがえると、あなたは、化け物だ』

わたしが、劇団で化け物と呼ばれてるって、知らなかったらしい。千鶴は言って、笑った。

「ブランチか。その男はあんたのブランチを観《み》ていたのか」

翡翠。……たしかにあの舞台なら。

『どこに、巣があるんだろう』

『え？』

『翡翠のさ』

『あの白樫の木立のなかでしょうか』

『知らないの？　翡翠は、崖に横穴を掘って巣をつくる』

『どうやって掘るんでしょう』

『嘴《くちばし》が鋭くて長いからね』

『須藤《すどう》が』

『え？』

『あなたを見ている』

あそこに、と、江見《えみ》は、向かいがわのベンチをさしたっけ。日が落ちつくすには早い時刻だったけれど、雨の紗幕《しゃまく》が視界をおぼろにして、その向こうの須藤は、ほとんど墨の滲《にじ》みとしか見えなかった……。

「須藤？　江見？」聞き馴《な》れぬ名前に、山尾が問いかえすと、

「須藤潤也《じゅんや》と、江見康司《こうじ》。名前、知ってるでしょ」

あいまいに、山尾はうなずいた。どっちが、癇癪《かんしゃく》持ちで短気な姫君のお気に召すのか。知っているのと、知らないのと。なまじ、知っていると言うと、優越感を傷つけることになる場合もあるし……。知らないと言うと、じだんだ踏まんばかりに焦《じ》れることもあるし……。

「どっちなのよ」老姫君は、足先で床を蹴った。毛足の長い絨毯が、足音を消した。

「小劇場の江見康司と須藤潤也よ」

「いわゆるアングラ……？」

「いやんなっちゃう。もう、いまは、アングラなんて言わないの」

「知っていますよ。小劇場……。素人《しろうと》がわめきたて、走り廻《まわ》り」

「ファンだもの、あなたたちの芝居の、って、わたし、彼に言ったわ」

あいかわらず、台詞を朗誦するような口調だ。

「千鶴さんが、その男のファン?」山尾の問いを無視し、

「『光栄です』彼は言ったわ」

「『ほんとに、光栄だよ』わたしは言ってやった。

『ぼくたちのファンにあなたのような……』

ばばあが、と言いたいんだろ。相手が言いよどんだ言葉を、わたしはかわって言った。

『年輩の御婦人。しかも……』

『そんなしかつめらしい言葉を、無理して使わなくていいの。なんと言おうと、ばばあは、ばばあだ』

『ぼくたちの舞台の観客の98パーセントまでは、若い女の子でした』

『過去形で言うのかい。現役だろうに』

『疲れました。迷ってる』

『いくじがないんだねえ』

わたしは、彼の舞台のタイトルをたてつづけにあげてやった。

『全部、観てくださったんですか』

『全部とは言わない。旗揚げのころは知らなかったからね。〝盟《かみかけて》三五《さんご》大切《たいせつ》——ザ・南北《なんぼく》〟が、はじめて観た舞台だった。あっけにとられたっけ。南北をここまで崩すとはね。あっけらかんとミュージカル仕立ての南北だったもの。でも、もっとも正統の南北を観た、という気がした』わたしの口調は少し熱っぽくなったわ」

「なんにでも〝ザ〟とくっつける近ごろの流行は好きではないけれど」

千鶴はつけくわえた。

「〝ザ・南北〟なんて、寒気のするタイトルだ」

山尾は応じた。

「芝居始めてから、六十……何年になるかしら。何をしてきたんだろうって思ってしまう。あの子たちのほうから、すりよってきたのよ」

「結構じゃないの。何を焦れている。芝居にかかわるかぎり、あなたから目をそむけるわけにはいかない」

何か言いかけ、千鶴は唇をひきしめた。

——少し心配なんです。

小島節子の声を、山尾は耳によみがえらせる。

千鶴の話はたしかに、論理の一貫しないところがある。しかし、それは、今に始まったことではなかった。若いころから、こんなふうだった、と、山尾は思う。でたらめを喋《しゃべ》っているわけではなく、千鶴の心のなかでは首尾が通っているのだが、言葉より思考のほうが先に進みすぎ、途中の経過を省略するから、聞いている方は混乱する。

六十何年芝居に打ち込んできた、それを、何をしてきたんだろうと、ぼやくのは、彼にもある気の迷いとしても、向こうがすりよってきた、と不服そうなのは、どういうことか。

「『江戸の人にとっては、江戸時代が〈現代〉だった。そうして、〈時代〉と〈現代〉を綯《な》い交《ま》ぜにしたのが、江戸歌舞伎。なかでも、それを、臆面もなくやってのけたのが、江戸爛《らん》熟《じゅく》期と俗にいわれる文化文政の、狂言作者・鶴《つる》屋《や》南北《なんぼく》。わかりきったことを説教するな、と言いたそうだね』

『とんでもない。拝聴しています』

『だから、あなたたちの芝居は、まさに、現代に南北を生かしたもの、と、ずいぶんな褒《ほ》め言葉なんだよ、これは』

『須藤が、〝泣いて喜んで〟います』

雨の紗幕の向こうの薄墨色の影を、江見は指差したわ。

『座付きの狂言作者は、須藤くんだったね。演出と主役も兼ねる。江見くんは、立《たて》女形《おやま》』

『名前も知っていてくださった』

『ファンだもの。古風に贔屓《ひいき》といおうか。纏頭《はな》はあげたことはなかったけれど』

『客席で観ていてくださってるの、気がついていました』

怖かったです、と、江見は言い添えた。

『知っていたの？　わたしがときどき客席にいたのを』

『小さい劇場です。お客の顔はよく見えます。最初は、信じられなかった。浦上先生が……あの、新劇の大御所……、地味につくっておられたし』

『客はだれも、わたしを知らないようだった。客層がまるで違うんだね。いわゆる丸文字マンガで育った子たちだろう』

近くに住んでいるの？

わたしは、話題をかえた。

『翡翠荘と、名前だけは、たいそうな安アパートです』」

「やっと、話がつながった」山尾は言い、少し腹がへったなと思うが、朝飯を催促するわけにもいかない。

「いきなり、住んでいるアパートの名前が翡翠荘だって、なんて言われても、めんくらうよ。ここから近いの、そのアパートは」

「知らないわよ」拗《すね》たような声を、千鶴はだした。

「朝から、よく飲むな」

喋りながら、千鶴がワイングラスを口にはこびつづけていた。

「朝じゃございません。晴れていれば、日は真昼、よ」

「せっちゃんが、心配していたよ」

「何を」

千鶴は、きっとなる。

「これのこと?」グラスをかかげてみせ、

「アル中は、あなたじゃありませんか。わたしはほんの……。飲む?」

「遠慮はしない」

「あの人、よけいなことをあなたに吹き込むのね」

「せっちゃんか。あんたを大事に思っているからさ」

「十五だったわ」

脈絡のないことを、千鶴は口にした。

「岩手の田舎《いなか》から東京にでてきたの……。訛《なま》りがぬけなくて、苦労した。ねえ、あの苦労、何だったのかしら」

3

「初めは、ほんの素人芝居よ」

「そりゃあ、だれだって。でも、あなたは、ぼくが知ったとき、すでに」

言いかけるのに、千鶴は癇性《かんしょう》な声をかぶせた。

「わたしたちのことじゃないの。あの子たちよ。わたしたちは、最初から……」

芝居にとり憑《つ》かれた学生が数人、小劇団を結成したのが、五年前ですって。

目を据え、千鶴は続ける。

試行錯誤の後、須藤と江見が歌舞伎、能、邦楽、古典芸能に関心が深く、素養もあるところから、題材にそれらを採り入れ、しかも、役者は野郎歌舞伎なみに男ばかり、洋楽邦楽とりまぜたミュージカル仕立て、ギャグと駄洒落《だじゃれ》と、ジャズダンス、スピーディなテンポ、という須藤の台本、演出が、成功した。面白いものに敏感に反応する若い観客の人気をたちまち、集めた。こうるさい批評家のうけもよく、小劇団のなかでは、注目をあびる存在となった。ことに、作・演出・主演を兼ねる須藤の才気と、邦舞の師範名取でもある江見のかなり本格的な女形は、高く評価されはじめた。

「……と、あとから知った知識よ」

「観に行ったの、あなたが。あなただって、ああいうのは嫌いなはずだ。演技の基礎もない、発声の訓練もしていない素人が、ただ、思いつきでどたばたと」

「ねえ、圭さん」

千鶴は山尾の胸に頭をもたせた。

「白刃をね、つきつけられたのよ。もちろん、向こうはそんな気はないでしょうけれど」

「わかったよ、千鶴さん、あなたは……」言いかけた言葉を、のみこんだ。千鶴を激怒させるに違いないと慮《おもんぱか》ったのだが、千鶴は、彼がひかえた言葉を、無造作に放り出した。

「そう、恋しちゃったの。ああ、さっぱりした。でも……ああ、あんたになんか言うんじゃなかった。言ってしまったら、からっぽになっちゃうわ。……わたしが、ここに越してきたのは、あの子がこのあたりに住んでいると知ったからよ」

「千鶴さん、少し飲みすぎだ」

「ときどき森林公園を散歩すると、パンフレットに書いてあったのよ」

声をたてて、千鶴は笑った。

「ひとり身って気軽だわねえ。恋をすれば、鳥のようにすいと、翔《と》んで、巣を変えられる」

「何も、そんなことをしなくたって、好きなら、会えばいいじゃないの。向こうだって喜んで……」

「野暮ねえ、あなた、相変わらず」

骨の浮いた肩を、くねらせた。

「越してきてから、わたしも散歩するようになったわ。朝、昼、夕方」

「そうして、会ったんだね。おめでとう」

言いながら、千鶴の手からグラスをとろうとすると、千鶴はさえぎった。

「いろんな野鳥を見たわ、わたし。一番多いのは、鴉《からす》よ。いやんなっちゃう。鴉。あれ、野鳥じゃないわね。森林公園はね、墓地につづいているの。公園を通り抜けると、公営の墓地にでるのよ。わたしは、あの子といっしょに、そっちまで行ってみたことがある。秋のお彼岸を少し過ぎた日だった。華やいでいたわ、墓地は。墓石のまえに二本ずつたった花筒はどれも黄菊、白菊、真紅のサルビア、飾りたてて、まるで、着飾った花魁《おいらん》だったわよ」

鴉、と、千鶴は言った。お参りのひとたちの供物やお弁当の残飯にありつけるので、鴉の群れが棲《す》みついちゃってるんですって。それが、森林公園のほうまで侵入してくるのね。いやァね。

「それ以来、江見というのと、つきあっているんだね」

山尾が言うと、

「馬鹿ねえ」

千鶴は目を見はった。皺の深い瞼《まぶた》のかげの眸《ひとみ》が、凛《りん》と光を帯びた。

「いっしょに墓地に行ったのは、あの子じゃありませんか」

「だから、江見……なんといったっけ」

「江見康司？　だれが、江見の話をしています」

きめつける口調に、山尾はあっけにとられ、小島節子の案じ顔が浮かぶ。

「江見と、公園で知り合い、墓地に行ったんだろう」

「違いますよ。あなたって、ほんとに、のみこみが悪いんだもの、いやんなっちゃう。台詞の受渡しでも、いつも、そう。おぼえるのは遅いし」

「江見でなければ、だれと」

「決まってるじゃありませんか。何度、恥ずかしいことを言わせるの。恋しちゃった、と一度言うだけでも、ほんとに、死ぬ思いじゃない」

「翡翠《ひすい》荘に住んでいるのは、江見という男なんだろう」

「そうよ」

「翡翠《かわせみ》を見たと言ったのも」

「そう、わたし、言ったじゃありませんか」

「それから、墓地へ……」

「墓地へ行ったのは、その前」

「だって、江見とは、はじめて……」

「あの子とは、その前に、会っているの」

「あの子、あの子と、あんたが言うのは、それじゃ、もうひとりの、なんだっけ、工藤？」

「須藤」

須藤潤也、と、千鶴はくりかえした。

「そいつも、近くに？」

「そいつとは、何よ。パンフレットに書いていた、と、言ったでしょ」

「森林公園を散歩する、と」

「同じことを何度も言わせないで」

楽しかったの。面白かったのよ。口惜《くや》しいけれど、言うわ。千鶴は続けた。あの、まるででたらめな、支離滅裂な芝居が。これまでに観たどんな名舞台よりも。困るじゃないの。わたし、そんなことを認めるわけにはいかなくてよ。でも、凄《すご》い才能よ。あの子は。

「苛《いじ》めたんだろう、あなたは」

「どうしてわかるの」

「若い才能のある相手役を、あんたはとことん苛めた。ぼくも、昔、いびられたっけな。あんたは、自分よりすぐれていると認めたものにしか、惚《ほ》れなかった。惚れると、苛めぬいた。相手は、役者とはかぎらない。装置の久我《くが》も、作曲の」

「名前をいちいちあげてくださらなくて結構」

「あんたはおそらく、その須藤か……その男の芝居のあらを、徹底的にあげつらったんだろうな。鴉の群れ飛ぶ墓地をいっしょに歩きながら」

「まるで見ていたようね」

「半世紀、あなたを見てきた」

「自殺したわ」

「だれが」

「あの子よ。あの子ったらね、わたしを尊敬していたんだって」

咽《のど》をそらせて、千鶴は笑った。

「事故だって、みんな、思っているけれど、あれは、自殺だったの。その後よ、公園で、江見に会った。はじめて。須藤は、薄墨色の雨の紗幕のむこうでわたしたちを見ていた。江見も知らないの。自殺だってこと」

心配なんです。小島節子の言葉を、山尾は思い返す。

先生が、ひとりで公園にでかけられるので、お供しようとしたらお叱りをうけましたから、わたし、こっそり後から……。東屋のベンチで、おひとりで何かぶつぶつと……。それが一度や二度ではないんです。

小劇場の、と、小島節子はそのとき、江見と須藤の名をあげた。その二人に逢《あ》っているのよと、先生は、秘密をうちあけるように、わたしにおっしゃいました。でも……。

二人がいま出ている新宿の小さい劇場に、千鶴を連れていったら、迷妄《めいもう》からさめるだろうか。節子の話を聞いてから、山尾は、二人に会っている。浦上さんがときどき客席におられるのは知っていました。このごろ見えませんね。二人は言った。二人の住まいが四谷と千駄ヶ谷であることも、そのとき山尾は聞いた。いいえ、直接お目にかかったことは。舞台を見ていただけるだけでも光栄でした。礼儀ただしく言い、顔をつくりにかかったのだった。

百年《ももとせ》に一年《ひととせ》足らぬ九十九髪《つくもがみ》。古い芝居の台詞を思い出しながら、山尾は、窓に額をつけた後ろ姿に、目を投げる。

「見たいわ、翡翠」小さい声は少女のようだ。

あとがき――実業之日本社文庫版刊行に寄せて

吉野山の山奥、瀧のそばの険阻な山道を登っているとき、岩から岩に飛び移らねばならない状況になりました。運動神経皆無の私は、危ぶんだとおり、岩の間に垂直に落ち、顔面を前の岩にしたたかぶつけました。週刊文春に連載する『妖櫻記《ようおうき》』の取材旅行でした。同行の担当編集者に付き添われ地元の医院で診てもらったところ、骨折はなく、時間が経《た》てば自然に治るということでしたが、翌日は眼《め》から鼻にかけて平らになるほど腫れあがりました。困惑したのは、柴田錬三郎《しばたれんざぶろう》賞の授賞式を数日後に控えていることです。とても人前に出られる顔ではなく、仮面でもかぶろうかと、半分本気で考えました。今から二十四年前、一九九〇年のことです。

子供の頃から舞台に惹《ひ》かれていましたが、両親が堅物《かたぶつ》で、なかなか観《み》ることはできずに育ちました。物語を書くようになって、一時期、小劇場に通《かよ》ったり、旅芝居の取材をしたりしました。その結実の一つが、『薔薇忌《ばらき》』にまとめた幻想短編群です。幻想小説も、芝居という素材も、興味を持ってくださる読者は多くはありません。小さいつぶやきのような物語だと思っていました。

柴田錬三郎師は常々、「小説は花も実もある絵空事を」と主張しておられました。そのお名前を冠した賞を『薔薇忌』でいただいたことは、私にとって、望外の喜びであり、この上ない励ましになりました。『妖櫻記』で、まさに花も実もある絵空事を書きたいと資料をととのえている最中だったからです。物語の中のリアリティを確立させ得れば、どのようにも奔放に筆を飛ばしていいのだと、亡きシバレンさんにお墨付きをいただいたように思いました。

授賞式の日は、腫れこそ引いたもののまだ目のまわりに残る痣《あざ》を、大正時代みたいなヴェール付きの帽子で隠すという恥ずかしい格好で、なんとか凌《しの》いだのでした。

二〇一四年四月

皆川博子

解説

千街晶之《せんがいあきゆき》（文芸評論家）

今、あなたが目を通している本というものは、言ってしまえば白地の上に黒い活字が並んでいる素っ気ない紙の束にすぎない。しかし優れた小説家は、読者にそのようなことを一切意識させずに、彩り豊かな物語の世界へと誘い込む。そして、真に才能ある幻想作家ならば、現実には見たことのない色、聴いたことのない音、嗅いだことのない匂いまでも感じさせるだろう。

そんな言葉の魔術師たちの中でも、現役最高峰に位置する作家こそが皆川博子である。ミステリ・時代小説・児童小説など多方面で活躍しており、特に幻想小説の領域では、余人の及ばない融通無碍《ゆうずうむげ》の境地に達している。しかし、著者とて最初から今の作風だったわけではない。初期の作品の多くは当時の中間小説誌の枷《かせ》の中で執筆されたものであり、八〇年代半ばには不満足な作品を発表しなければならないこともあった。幻想とロマンを愛する著者が、自分の書きたい世界が読者に初めて受け入れられたと感じたのは、日本推理作家協会賞を受賞したミステリ『壁・旅芝居殺人事件』（一九八四年）だったという。『愛と髑髏《どくろ》と』（一九八五年）がこの時期の作品としては珍しい幻想短篇集として注目されるものの、著者が幻想小説の方面で大きく飛躍したのは九〇年代のことだった。その幕開けを飾ったのが、一九九〇年六月に実業之日本社から刊行された本書『薔薇《ばら》忌《き》』である。一九九三年十一月に集英社文庫版が出ており、今回は二度目の文庫化ということになる。

本書の収録作は実業之日本社の雑誌《週刊小説》に、一九八五年から九〇年にかけて掲載されたものであり、発表順でいうと、巻頭の「薔薇忌《ばらき》」（《週刊小説》一九九〇年三月十六日号）が一番後ということになる。小劇団の公演が終わり、これから皆で打ち上げに行く……という雑然とした雰囲気から一転、誰もいなくなった静かな舞台にひとり残った主人公の苳子《とうこ》と、バイトとして駆り出されたらしき若者の会話から、苳子の大学時代の思い出が浮上してくる。飛躍と連想に満ちた軽快なやりとりから生じた腐爛《ふらん》の薔薇のデカダンなイメージが次第に作品空間を覆い尽くしてゆくあたり、見事と言うしかない。なお、薔薇の花弁でひとを窒息死させるというイメージのもとになっているのは、古代ローマの少年皇帝ヘリオガバルスが、宴会に招いた客の上に大量の薔薇の花を降らせて窒息死させたというエピソードだろう。

この一篇を序曲として、読者の前には次々と不思議な物語が提示される。それらに共通するのは現在と過去の二重構造であり、現在の登場人物同士の会話が、情念に彩られた残酷な過去への遡行の鍵となる。例えば、歌舞伎役者への取材に手こずっている女性記者と劇場の裏方の男との会話から、小道具師の家に生まれた男の過去が浮上してくる「禱鬼《とうき》」（《週刊小説》一九八七年五月一日号）。歌舞伎の小道具職人の娘である女と、彼女の父のもとで働いていた女との不穏なやりとりの果てに、過去から現在にまで尾を曳《ひ》く妄執の陰惨な結末が暴かれる「紅地獄《べにじごく》」（《週刊小説》一九八五年九月十三日号、「恋紅」を改題）。実父が誰かを知らない娘が、三人のパトロンがいた踊り手である亡き母をめぐる凄絶な愛憎劇に踏み込んでゆく「桔梗合戦《ききょうがっせん》」（《週刊小説》一九八八年六月二十四日号）。ミュージカルの演奏を担当することになったピアニストが、千秋楽の最中、封印していた子供時代の罪深い思い出が蘇《よみがえ》ってくるのを感じる「化粧坂」（《週刊小説》一九八七年一月二十三日号）。かつてのグループ演奏の人気歌手を俳優として復活させようとしている男と、楽屋を訪れた見知らぬ老人の会話から、歌手に対する男の同性愛めいた献身の過程へと物語がスライドしてゆく「化鳥《けちょう》」（《週刊小説》一九八八年一月二十二日号）。そして最後を飾る「翡翠忌《ひすいき》」（《週刊小説》一九八九年十一月十日号）では、老女優のとりとめもない語りに翻弄された果て、読者は衝撃的な真実を投げつけられて茫然《ぼうぜん》とすることになる。いずれも、リズミカルで官能的な会話、人間の愛憎や妄執を的確に抉《えぐ》る文章力、次第に迫り来る冷え冷えとした緊迫感……といった、著者の美質が顕著な作品ばかりだ。更に、耽美《たんび》的な妖《あや》しいイメージが随所に鏤《ちりば》められ、作品空間は異界へと化してゆく。

これらの極上の短篇が収録された本書は、一九九〇年に第三回柴田錬三郎《しばたれんざぶろう》賞を受賞した。恐らく、この受賞が著者にとって大きな励みとなり、それ以降の幻想小説方面での活躍につながったのではないだろうか。その傍証として、《小説すばる》一九九〇年十二月号に掲載された著者の受賞あいさつ「波瀾《はらん》万丈の世界へ」を引用しておきたい。

> 舞台は、私の偏愛する世界であり、幻想小説は、これも私の偏愛する世界です。
> 舞台にかかわるものを小道具に、非日常の物語をつくったこの短編集は、偏愛の相乗で、あまりに好みがかたよりすぎているのではないかと、読者にも編集者にも、いささか、もうしわけない思いがしていたのでした。作者がかってに自分の好きな世界のなかで遊んでいるということで。
> ささやき声がとどく範囲にしか通用しない物語だと思っていました。それが、思いがけず、この賞をいただき、ささやき声でも、聞き取ってくださる方は、私の思

う以上におられるのかもしれないと、心強くなりました。

これから、もう少し大きな声で語りかける物語も、試行錯誤してみようと思っています。

ありがとうございました。


ここからも、一部の読者にしか受容されないであろうと悲観していた幻想小説を含む短篇集で受賞したという意外感と、それによって自信を得た様子が窺《うかが》える。実際、九〇年代の著者は堰《せき》を切ったように、『たまご猫』（一九九一年）、『化蝶記』（一九九二年）、『骨笛』（一九九三年）、『あの紫は　わらべ唄幻想』（一九九四年）などの幻想短篇集を発表していった。

著者の作品では大抵の場合、幻想は現実の中に忽然《こつぜん》と立ち現れ、現実そのものを異界へと変貌《へんぼう》せしめる。此岸《しがん》と彼岸《ひがん》、人間と幽霊、過去と現在と未来が同居する時空。そこでは、生身の人間同士の会話かと思っていると片方が人間ではなかったり、現実とは異なる別の人生を送った人物だったりする。そして本書において、生身の人間ならざる存在はおおむね怖さとは無縁だ（むしろ人間の妄執のほうが恐ろしい）。実際、著者は死者を畏怖《いふ》の対象とは考えていないようで、《幻想文学》四十一号（特集＝ホラー・ジャパネスク。一九九四年）掲載のインタヴューでは自身の小説に死人がよく登場する理由について、「自分としてはホラー的なものを書いているという意識は全然なくって、書きたいように好きに書いちゃうと、なにか自然に死人が出てきたりしてしまう。死人が出ると怖いっていうのが普通あるけれども、私は死人のほうに懐かしさを覚えちゃうというか、怖くないんですよね。むしろ自分が生きている普通の、政治経済的な社会のほうが暴力的で怖い。自分が非常に無力だということを子供のときから痛感させられちゃってるからじゃないかな……」と述べている。

本書の場合、この幻想と現実の同居に説得力を持たせているのが、歌舞伎や小劇場などの舞台の世界を統一モチーフとした趣向である。『壁・旅芝居殺人事件』や『妖かし蔵殺人事件』（一九八六年）のように、八〇年代の著者のミステリには芝居の世界を背景にしたものがあったけれども、本書ではそれが幻想小説のモチーフとして生かされているのだ。思えば、芝居の世界では生者と死者が同一時空で、同じような存在感を身にまとって登場するものだ。もちろんそれらを演じるのは生身の俳優たちだが、著者はそんな舞台を、本物の死者がなんの違和感もなく立ち現れ、平然と生者たちに紛れ込む場として描き出し、読者は「舞台でならばそのようなこともあろうか」と、知らず知らずのうちに納得させられてゆくことになる。

生者と死者の交感を効果的に演出するために、本書でもうひとつ導入されているのが、各篇の結末における鮮烈なサプライズである。これは著者のミステリ好きの反映であると同時に、リアリズム一辺倒のミステリでは困難なタイプのどんでん返しを試みたいという創作意欲の表れでもあるだろう。

また本書において目につくのは、日本の古典芸能・文芸への言及である。本書に限らず、八〇年代半ばあたりからの著者の小説には、能や歌舞伎、江戸期の読本などからの引用が増えた。例えば『変相能楽集』（一九八八年）は、能をモチーフにした実験的な短篇集だし、後南朝をめぐる秘話に山東京伝《さんとうきょうでん》の読本『桜姫全伝曙草紙』のキャラクターを絡ませた『妖櫻記《ようおうき》』（一九九三年）などの伝奇時代小説では、史実と古典文芸の奔放な混淆《こんこう》を試みている。そして九〇年代の幻想短篇群では、古典趣味の割合が次第に増大してゆき、『ゆめこ縮緬』（一九九八年）ではきらびやかな大和《やまと》言葉のあらゆる表現力を追求し、泉鏡花《いずみきょうか》に比肩する日本的幻想小説の極北とも言うべき境地にまで達した。その片鱗《へんりん》は、既に本書の時点でもはっきりと窺えるだろう。

皆川博子らしい要素が数多く詰まっているのみならず、その作風のひとつの転機となった作品であるという意味でも、本書が今回の文庫化によって再び注目されることを願ってやまない。

一九九〇年六月　実業之日本社刊

＊本書はフィクションであり、実在の組織や個人とは一切関係がありません。

実業之日本社文庫　好評既刊

川端康成
乙女の港　少女の友コレクション
少女小説の原点といえる名作がついに文庫化！『少女の友』昭和12年連載当時の、中原淳一による挿し絵も全点収録。（解説・瀬戸内寂聴／内田静枝）
か21

近藤史恵
モップの魔女は呪文を知ってる
新人看護師の前に現れた〝魔女〟の正体は？　病院やオフィスの謎を「女清掃人探偵」キリコが解決する人気シリーズ、実日文庫初登場。（解説・杉江松恋）
こ31

近藤史恵
モップの精と二匹のアルマジロ
美形の夫と地味な妻。事故による記憶喪失で覆い隠された、夫の三年分の過去とは？　女清掃人探偵が夫婦の絆の謎に迫る好評シリーズ。（解説・佳多山大地）
こ33

近藤史恵
演じられた白い夜
本格推理劇の稽古で、雪深い山荘に集められた役者たち。劇が進むにつれ、静かに事件は起きていく。脚本の中に仕組まれた真相は？（解説・千街晶之）
こ32

坂井希久子
秘めやかな蜜の味
地方の小都市で暮らす四十男の前に次々と現れる魅惑的な女たち。誘われるまま男は身体を重ね……。実力派新人による幻想性愛小説。（解説・篠田節子）
さ21

花房観音
寂花《じゃっか》の雫《しずく》
京都・大原の里で亡き夫を想い続ける宿の女将と謎の男の恋模様を抒情豊かに描く、話題の団鬼六賞作家の初文庫書き下ろし性愛小説！（解説・桜木紫乃）
は21

花房観音
萌えいづる
『女の庭』をはじめ、話題作を発表し続けている団鬼六賞作家が、平家物語をモチーフに、京都に生きる女たちの性愛をしっとりと描く、傑作官能小説！
は22

実業之日本社文庫　好評既刊

原田マハ
星がひとつほしいとの祈り
時代がどんな暗雲におおわれようとも、あなたという星は輝きつづける——注目の著者が静かな筆致で女性たちの人生を描く、感動の7話。（解説・藤田香織）
は41

春口裕子
隣に棲む女
私の胸にはじめて芽生えた「殺意」という感情——生きることに不器用な女の心に潜む悪を巧みに描く、戦慄のサスペンス集。（解説・藤田香織）
は11

宮木あや子
学園大奥
女子校だと思って入学したら、二人きりの男子生徒を囲む「大奥」のある共学校だった！　いきなり文庫化のハイテンションコメディ。（解説・豊島ミホ）
み11

西澤保彦
腕貫探偵
いまどき〝腕貫〟着用の冴えない市役所職員が、舞い込む事件の謎を次々に解明する痛快ミステリー。安楽椅子探偵に新ヒーロー誕生！（解説・間室道子）
に21

宮下奈都
よろこびの歌
歌にふるえる。心がつながる——。宮下ワールド特有の〝きらめき〟が最も美しい形で結実した青春小説の傑作、待望の文庫化！（解説・大島真寿美）
み21

誉田哲也
主よ、永遠の休息を
静かな狂気に呑みこまれていく若き事件記者の彷徨。驚愕の結末。快進撃中の人気作家が描く哀切のクライム・エンターテインメント！（解説・大矢博子）
ほ11

東野圭吾
疾風ロンド
生物兵器を雪山に埋めた犯人からの手がかりは、テディベアの写ったスキー場らしき写真のみ。ラスト1頁まで気が抜けない娯楽快作、まさかの文庫書き下ろし！
ひ12

実業之日本社文庫 み51

薔薇忌《ばらき》

2014年6月15日　初版第一刷発行

著　者　皆川博子《みながわひろこ》

発行者　村山秀夫
発行所　株式会社実業之日本社
〒104-8233　東京都中央区京橋 3-7-5 京橋スクエア
電話 [編集]03(3562)2051 [販売]03(3535)4441
ホームページ http://www.j-n.co.jp/
印刷所　大日本印刷株式会社
製本所　株式会社ブックアート

フォーマットデザイン　鈴木正道(Suzuki Design)

ISBN978-4-408-55175-3（文芸）